येस टु लाइफ़

विक्टर फ़्रैंकल, 1946

विक्टर ई. फ्रैंकल

येस टु लाइफ़

हर संकट में तलाशें अवसर

अनुवाद : महेंद्र सिंह यादव

MANJUL
मंजुल पब्लिशिंग हाउस

First published in India by

MANJUL

Manjul Publishing House

Corporate and Editorial Office

•2nd Floor, Usha Preet Complex, 42 Malviya Nagar, Bhopal 462 003 - India

Sales and Marketing Office

•C-16, Sector 3, Noida, Uttar Pradesh 201301, India

Website: www.manjulindia.com

Distribution Centres

Ahmedabad, Bengaluru, Bhopal, Kolkata, Chennai,
Hyderabad, Mumbai, New Delhi, Pune

Hindi translation of *Yes to Life: In Spite of Everything*

First published in Germany as Über den Sinn des Lebens in 2019

English edition published by Rider in 2020

This Hindi edition first published in 2022

ISBN : 978-93-5543-002-1

Hindi translation: Mahendra Singh Yadav

Printed and bound in India by Parksons Graphics Private Limited

मेरे स्वर्गीय पिता को समर्पित

अनुक्रम

भूमिका : डेनियल गोलमन

इस पुस्तक का होना एक छोटा-मोटा चमत्कार ही है। जो व्याख्यान इसका आधार बने हैं, वे 1946 में मनोचिकित्सक विक्टर फ़्रैंकल ने दिए थे। उसके क़रीब 9 माह पहले ही वे एक श्रमिक शिविर से छूटे थे जहाँ उनके मरने की नौबत आ चुकी थी। फ़्रैंकल द्वारा पुस्तक के रूप में संकलित ये व्याख्यान सबसे पहले जर्मन में एक छोटे प्रकाशक ने प्रकाशित किए थे। वह संस्करण लुप्त हो गया और एक तरह से भुला दिया गया। तभी उसी प्रकाशक ने हाल ही में अपने संग्रहालय में इसे फिर से देखा। *यस टु लाइफ़ : इन स्पाइट ऑफ़ एवरीथिंग* का प्रकाशन इससे पहले अंग्रेज़ी में नहीं हुआ था।

नाज़ी आधिपत्य के कई सालों के दौरान, इस पुस्तक में प्रकाशित व्याख्यानों के लिए विक्टर फ़्रैंकल ने अपने श्रोताओं को वह नैतिक और बौद्धिक प्रेरणा दी जिसके लिए वे तरस रहे थे और उन्हें नए नैतिक समन्वय की बेहद ज़रूरत थी। यहूदियों के जिस नरसंहार में यातना शिविरों में लाखों लोग मारे गए थे, उसमें फ़्रैंकल के माता-पिता और उनकी गर्भवती पत्नी को भी जान गँवानी पड़ी थी। हालाँकि इन व्यक्तिगत दुखद घटनाओं और उनसे अनिवार्य रूप से पैदा होने वाली गहरी उदासी के बावजूद, फ़्रैंकल इस पीड़ा को ऐसे परिप्रेक्ष्य में प्रस्तुत करने में सफल हुए जिसने उनकी सर्वाधिक चर्चित पुस्तक *मैन्स सर्च फ़ॉर मीनिंग* और इन व्याख्यानों के लाखों पाठकों को प्रेरित किया।

वे ना केवल भयंकर तबाही और खुद मौत के निकट पहुँचने के दौरान अकेले थे, बल्कि इस सबके बावजूद आशाजनक नज़रिये के लिए आधार तलाशने के दौरान भी वे अकेले ही थे। उस नरसंहार में बचे व्यक्ति की बेटी ने मुझे बताया कि उसके माता-पिता के कई सारे मित्र भी ऐसे थे जो फ़्रैंकल की तरह उन मौत के भयंकर शिविरों में से किसी न किसी तरह बच गए थे। मैं अपेक्षा कर रहा था कि वो कहेगी कि वे ज़िंदगी के प्रति पूरी तरह से मायूसी का नहीं तो कुछ न कुछ तो निराशावादी नज़रिया ज़रूर रखते थे।

हालाँकि, उसने मुझे बताया कि जब वह बोस्टन से बाहर रह रही थी, तब उसके माता-पिता ने उन मौत के शिविरों से बचे अपने मित्रों के साथ इकट्ठे होकर पार्टी की थी। जैसा कि मेरी रूस में पैदा हुई नानी कहा करती थी, वह महिला अच्छे-अच्छे गहने-कपड़े पहनकर, इस तरह से सजती थी जैसे वह किसी फ़ैंसी पार्टी में जा रही हो। बकौल उनकी बेटी, वे "हर मौक़े पर अच्छे जीवन का आनंद लेते हुए," इकट्ठे होकर भव्य दावतें करते, नाचते और एक साथ मौज-मस्ती करते। वह अपने पिता की बात याद करती है जो कहा करते थे कि थोड़े-से सुखों में भी "यही ज़िंदगी है।"

जैसा कि वह कहती है, "वे लोग यह कभी नहीं भूले कि ज़िंदगी ऐसा तोहफ़ा है जिसे नाज़ियों का तंत्र भी उनसे छीनने में सफल नहीं हो सका।" उनका संकल्प मज़बूत था। आख़िरकार वे सारी नारकीय यातनाएँ झेलकर भी हर हाल में ज़िंदगी को "हाँ!" कहने के लिए डटे रहे थे।

विक्टर फ़्रैंकल जिस "यस टु लाइफ़," वाक्यांश का बार-बार इस्तेमाल करते हैं, वह गीत *सोतो वोचे* (ताकि सुरक्षाकर्मी नाराज़ नहीं हों) उन चार शिविरों में कभी-कभी उसके साथी क़ैदी गाया करते थे जिनमें वह भी क़ैदी था। बुचेनवाल्ड भी उन कुख्यात शिविरों में से एक था। गीत की उत्पत्ति बहुत विचित्र तरीक़े से हुई थी। मूल रूप से राजनीतिक बंदियों को रखने के लिए 1937 में बनाए गए बुचेनवाल्ड शिविर के शुरुआती कमांडरों में से एक ने एक शिविर गीत लिखे जाने का हुक्म दिया था। दिन भर कड़ी मेहनत करने और नाममात्र का खाना मिलने से क़ैदी पहले ही थककर चूर होते थे, उस पर से उन्हें यह गीत बार-बार गाने पर मजबूर किया जाता

था। शिविर से ज़िंदा बचे एक व्यक्ति ने बताया, गाने में हम लोग "अपनी पूरी नाराज़गी" दिखाने की कोशिश करते थे, लेकिन कुछ अन्य क़ैदियों के लिए गीत के कुछ बोल आशा की किरण जगाने वाले थे, ख़ासकर ये :

"... हमारी तकदीर में अब चाहे जो बदा हो:
हम अब भी ज़िंदगी को हाँ कहना चाहते हैं,
क्योंकि एक दिन वह समय आएगा –
और तब हम आज़ाद होंगे!"

फ़्रैंकल हमसे पूछते हैं, जब बुचेनवाल्ड के कैदियों को प्रताड़ित किया जाता था, जमकर मेहनत कराई जाती थी, और भूखों मारा जाता था तब भी वे अपनी ना ख़त्म होने वाली तकलीफ़ों के बावजूद गीत के इन बोलों में कुछ आशा की किरण देख लेते थे तो उनकी तुलना में बहुत ज़्यादा सुख-सुविधाओं में रहने वाले हम लोग भी, ज़िंदगी के हर रंग के लिए "हाँ" क्यों नहीं कह सकते?

ज़िंदगी के प्रति इसी सकारात्मक सोच को दर्शाने वाला वाक्यांश ही इस पुस्तक का शीर्षक भी बन गया, जिसे फ़्रैंकल ने इन व्याख्यानों में बहुत महत्त्व दिया था। अपनी बहुत ज़्यादा पढ़ी गई पुस्तक *मेन्स सर्च फ़ॉर मीनिंग* की बुनियादी विषय-वस्तुओं के बारे में उन्होंने 1946 के मार्च और अप्रैल में दिए इन व्याख्यानों में इशारा दिया था। इस समय के बीच फ़्रैंकल ने *मेन्स सर्च* और इसके प्रकाशन को लिखा था।

मुझे *यस टु लाइफ़* का विषय कुछ ज़्यादा ही अपना-सा लगता है। मेरे माता-पिता के माता-पिता उस तीव्र घृणा और क्रूरता के शुरुआती परिदृश्य से बचकर 1900 के आसपास अमेरिका आ गए थे, जिसका सामना फ़्रैंकल और नरसंहार से बचे अन्य लोगों ने किया था। फ़्रैंकल ने मार्च 1946 में मेरे जन्म के समय के आसपास, ये व्याख्यान देने शुरू किए थे। मेरा अस्तित्व मेरे माता-पिता की उस कमज़ोरी की अवहेलना, उन भयावहताओं के प्रति जीवन के सकारात्मक नज़रिए की अभिव्यक्ति था।

सात दशकों से अधिक समय के अतीत की समीक्षा करते हुए फ़्रैंकल ने इन भाषणों में जिस वास्तविकता की बात की थी, वह लंबे समय से

चली आ रही है, और उसमें एक के बाद एक पीढ़ीगत आघात और आशाएँ शामिल हैं। हम युद्धकाल के बाद के बच्चे तो यातना शिविरों की भयावहता से परिचित थे, लेकिन उस नरसंहार के बारे में हमारे आज के बहुत कम युवा जानते हैं।

इसके बावजूद, कुछ दिनों पहले झेले मुकदमों से प्रेरित फ़्रैंकल के शब्दों में आज आश्चर्यजनक समयबद्धता है।

“बिग लाई” की पहचान करना मेरे कैलिफ़ोर्निया हाई स्कूल में नागरिक शास्त्र की कक्षा में होमवर्क असाइनमेंट था। बिग लाई यानी बड़ा झूठ दुष्प्रचार का एक प्रचलित तरीक़ा था। नाज़ियों के लिए एक बड़ा झूठ यह था कि कथित आर्य “श्रेष्ठ नस्ल” के थे, जिन्हें किसी न किसी तरह से दुनिया पर शासन करने के लिए ही आदेशित किया गया था। नाज़ियों की हार ने उस सोच पर विराम लगा दिया।

जब द्वितीय विश्व युद्ध समाप्त हुआ और शीत युद्ध के आसार बढ़ गए तो यह भी ख़तरा हो गया कि रूस भी प्रोपेगेंडा को अपना हथियार बना लेगा। और इसीलिए, मेरे समय के हाई स्कूल के छात्रों ने दुर्भावनापूर्ण अर्ध-सत्यों को पहचानना और उनका मुक़ाबला करना सीखा।

उस समय रूस से आने वाले झूठ से बचाव के लिए, हमने इस तरह की ग़लत जानकारी और उसमें छिपे बड़े झूठ के दुष्प्रचार के मूल सिद्धांतों की खोज करना सीखा। हमने नागरिक शास्त्र की कक्षा में सीखा था कि प्रोपेगेंडा ना केवल झूठ और ग़लत सूचना पर बल्कि विकृत नकारात्मक रूढ़ियों और भड़काऊ बातों तथा कुछ वैचारिक एजेंडे को पूरा करने में लगे लोगों की राय और मान्यताओं में हेरफेर करने वाली कुछ अन्य चालों पर निर्भर करता है।

धुरी राष्ट्रों द्वारा शासित लोगों के दृष्टिकोण को आकार देने में प्रोपेगेंडा ने प्रमुख भूमिका निभाई थी। हिटलर ने तर्क दिया था कि अगर किसी बात को बार-बार दोहराया जाए और उसका समर्थन नहीं करने वाली जानकारी को और ज़्यादा झूठ के साथ लगातार नकारा जाए, चुप करा दिया जाए, या विवादास्पद बना दिया जाए तो लोग किसी भी बात

पर विश्वास कर लेते हैं। नाज़ियों ने सत्ता में आने और उससे भी आगे बढ़ने में जिस तरह के प्रोपेगेंडा का इस्तेमाल किया था, उसके ज़हरीलेपन को फ़्रैंकल बहुत अच्छी तरह से जानते थे। उन्होंने देखा कि उनके स्वयं के जैसे कम से कम किसी एक को उसके वजूद के मूल्य पर ही, जीवन की निस्सारता पर ज़ोर देते हुए निशाना बनाया जाता था जो जिप्सियों, समलैंगिकों, यहूदियों और राजनीतिक असंतुष्टों जैसी बदनाम श्रेणी में आते थे।

जब फ़्रैंकल को नाज़ी यातना शिविरों में क़ैद किया गया था, तो वे खुद इस तरह के व्यवस्थित झूठ के शिकार हुए थे, और उन्हें तथा उनके साथी क़ैदियों को कमतर इंसान के रूप में देखने वाले सुरक्षाकर्मियों की बेरहमी का सामना करना पड़ता था। उन्होंने तुर्कहेम श्रम शिविर से रिहा होने के नौ महीने बाद ये व्याख्यान दिए जो इस पुस्तक में शामिल हैं। तब फ़्रैंकल ने अपनी बात की शुरुआत उस नकारात्मक प्रचार का खंडन करके की, जिसने जीवन के अर्थ, मानवीय नैतिकता और मूल्य की हर भावना को ही नष्ट कर दिया था।

वो और उनके विएनाई श्रोता अच्छी तरह से जानते थे कि नाज़ियों ने अपने प्रचार कौशल को उच्च स्तर पर पहुँचाया था। हालाँकि विकृत सच्चाइयों को पहचानने का जो पाठ नागरिक शास्त्र की कक्षा में पढ़ाया गया था, वह काफ़ी आगे बढ़ चुका है।

आज की तरह सदियों से, दुनिया भर के तानाशाह शासक एक ही ग़लत सूचना वाली किताब का इस्तेमाल करते आ रहे हैं। इसके संकेत स्पष्ट हैं : विपक्षी मीडिया को बंद करना, असंतुष्टों की आवाज़ों को कुचल देना, और मौजूदा पार्टी लाइन के अलावा कुछ और रिपोर्टिंग करने का साहस करने वाले पत्रकारों को जेल में डालना। झूठ, घटिया षड्यंत्रकारी सिद्धांतों और 'हम बनाम वो' की नफ़रत के बजाय सही और निष्पक्ष समाचारों को प्रतिस्थापित करने के ख़तरे को डिजिटल मीडिया ने बढ़ा दिया है। किसी न किसी विकृत दृष्टिकोण में विश्वास करने वाले लोग, अपने जैसी विचारधारा के लोगों के बीच ऑनलाइन शरण हासिल कर सकते हैं और वैश्विक नज़रिए में सहानुभूति पा सकते हैं – और वहाँ उन्हें

कोई भी प्रतिरोधी विचार या सबूत नहीं मिलता है। कोई भी पुष्टि करने वाला सबूत नहीं मिलता है। ऐसे में प्रोपेगेंडा चलता रहता है।

मुझे वह विशिष्ट बड़ा झूठ तो याद नहीं है जो मुझे होमवर्क के लिए मिला था। हालाँकि मैं कई अन्य बड़े झूठों के बारे में विचार कर सकता हूँ जो लगातार दशकों में सामने आए। एक बड़ा झूठ धूम्रपान के बारे में था। अमेरिकी सरकार ने यूरोप और एशिया में मित्र देशों के सैनिकों को सिगरेट देने की बात कही थी; और इस तरह एक पीढ़ी को ऐसी आदत डाल दी जिसने आख़िरकार उनके जीवन को छोटा ही किया। जब मैं छोटा था, तब धूम्रपान को ग्लैमरस रूप में देखा जाता था (विज्ञापन भी, बड़े झूठ का हिस्सा बन सकते हैं)। अब हम जानते हैं कि यह आदत कैन्सर और हृदय रोग की आशंका बढ़ा देती है, और इससे समय से पहले मौत हो जाती है।

एक और बड़ा झूठ मेरी स्थानीय बिजली कंपनी, पीजी ऐंड ई के बारे में था। जब मैं छोटा था, तब इस कंपनी की छवि विश्वसनीय होने की थी। इन दिनों में तो हमें पता है कि कोई सार्वजनिक कंपनी जब निजी कंपनी बन जाती है तो लालच की स्थिति यह हो जाती है कि मुनाफ़ा कमाने के लिए संगठन की अधोसंरचना की मरम्मत और रखरखाव में पैसा नहीं लगाया जाता। और आज वही विश्वसनीय संगठन जंगलों में लगी अनगिनत अग्नियों का कारण रहा है और वह दिवालिया भी हो चुका है।

प्रोपेगेंडा की पहचान करने के लिए मुझे जिस तरह का पाठ पढ़ाया गया था, वह काफ़ी समय पहले स्कूल के पाठ्यक्रम से हटाया जा चुका है। फिर भी ऐसा लगता है कि वह समय फिर से आ गया है कि नफ़रत फैलाने वाले प्रचारकों के ख़तरनाक ज्वार से आसान सत्यों और बुनियादी मानवीय मूल्यों को बचाने की ज़रूरत है। क्या यह फिर से नागरिक शास्त्र के उन पाठों को वापस लाने का समय आ गया है जिनमें बोलना, ज़िम्मेदार नागरिक बनना, और आज के दौर के बड़े झूठों को पहचानना सिखाया जाए?

यह कुछ पहले से होने भी लगा है : पूरे देश में – वास्तव में पूरी दुनिया में, नई पहलों के ज़रिए यह सुनिश्चित करने के लिए काम किया

जा रहा है कि मिडिल और हाई स्कूल के छात्रों को इन महत्त्वपूर्ण विषयों के पाठ पढ़ाए जाएँ।

ऐसे युग में जबकि हर तरह का मीडिया प्रभावित करने और प्रोपेगेंडा फैलाने का साधन बन गया है, तब इस प्रकार के प्रश्न हममें से किसी को भी पूछने चाहिए।

आज पाठकों को यह विचित्र लग सकता है कि फ़्रैंकल ने इच्छामृत्यु के निहितार्थ वाली इस धारणा का खंडन करने में काफ़ी समय व्यतीत किया कि कुछ लोगों की ज़िंदगी का कोई महत्त्व नहीं है और इनमें मानसिक रूप से बीमार और विकासात्मक चुनौतियों वाले लोग शामिल हैं, इसलिए इनकी मृत्यु "उचित" है। जबकि इच्छामृत्यु भी अच्छी, शांत और दर्द रहित मौत के शाब्दिक अर्थ वाली नहीं, बल्कि उल्टे अर्थ में इसकी बात की जाती थी। इस तरह उनकी मौतों को सही ठहराया जाता था।

नाज़ियों ने ऐसे लोगों की हत्याएँ की थीं और इसमें कोई संदेह नहीं कि फ़्रैंकल के दिमाग़ में इन सबकी यादें ताज़ा थीं क्योंकि कुछ ही महीनों पहले युद्ध समाप्त हुआ था। मनोचिकित्सक के रूप में, फ़्रैंकल को "इच्छामृत्यु" की नीति के बारे में पूरी तरह से पता था कि जहाँ वह युद्ध के पहले काम करते थे, उस संस्था में उन पर लगे पूर्व के आरोपों में लोगों को मार डाला गया था।

फ़्रैंकल का तर्क है कि दुख ही नहीं, लाइलाज बीमारी और "अपनी खुद की मौत" मरने की आंतरिक गरिमा तक सार्थक साबित हो सकती है। उदाहरण के लिए, मौत के सामने अब भी एक आंतरिक सफलता हो सकती है, चाहे वह किसी निश्चित दृष्टिकोण को बनाए रखने में हो या उस व्यक्ति के जीवन के अर्थ को पूरा करने में हो। इसलिए, वे दावे के साथ कहते हैं कि किसी को भी किसी अन्य व्यक्ति के जीवन को व्यर्थ बताने, या दूसरे के जीवन के अधिकार को बेकार मानने का अधिकार नहीं है। फ़्रैंकल हाल ही में उन शिविरों से रिहा किए गए थे जहाँ उनके जैसे क़ैदियों के जीवन की "कोई गिनती नहीं" थी।

जहाँ नरसंहार को नाज़ियों का ऐसा पाप ठीक ही माना जाता है जो उन्होंने बेकार समझे जाने वाले जातीय, राजनीतिक और धार्मिक समूहों के साथ किया था, वहीं, उन्मूलन नीति भी उन लोगों की बड़ी संख्या पर लागू की गई थी जो मानसिक रूप से विकलांग थे। कई लोग इनकी गिनती सैकड़ों-हज़ारों में मानते हैं। विचित्र बात यह है कि यह दृष्टिकोण, अमेरिकी "यूजीनिक्स" या सुजननविज्ञान आंदोलन से उत्पन्न हुआ था, जो सामाजिक डार्विनवाद का ऐसा रूप था जिसने समाज को उन लोगों से छुटकारा पाने को उचित ठहराया था, जिन्हें अक्सर अनफ़िट बताया जाता था और उनकी जबरन नसबंदी कर दी जाती थी। उस दावे को नाज़ियों ने अपने भयावह तार्किक तरीक़े से पूरा किया था।

कभी "अवांछित" माने जाने वाले लोगों से छुटकारा पाने की रणनीति के रूप में हत्या करने का चलन दुनिया भर में सहर्ष ख़त्म कर दिया गया। आज जिस इच्छामृत्यु पर बहस होती है, उसमें गंभीर रूप से बीमार, बेहद दर्द से गुज़र रहे लाइलाज व्यक्ति के लिए अच्छी मौत होती है जिसे खुद की तकलीफ़ ख़त्म करने के लिए आत्महत्या के विकल्प के रूप में पेश किया जाता है।

साइकोथेरेपी या मनोचिकित्सा जगत में फ़्रैंकल का मुख्य योगदान वो है जिसे वे "लोगोथेरेपी" या उद्‌बोधक चिकित्सा कहते थे, जिसके तहत लोगों को उनकी ज़िंदगी का अर्थ तलाशने में मदद करके उनकी मनोचिकित्सकीय समस्याओं का इलाज किया जाता है। उन्होंने कहा था कि खुशी तलाशने के बजाय, हमें ज़िंदगी से मिले उद्देश्य का अर्थ तलाशना चाहिए।

खुशी अपने आप में उद्देश्य के अर्थ को पूरा नहीं करती; खुशियाँ हमारे जीवन को अर्थ नहीं देतीं। उन्होंने कहा कि इसके विपरीत, ज़िंदगी की अंधेरी और खुशीविहीन घटनाएँ ऐसा समय बन सकती हैं जिसमें हम परिपक्व होते हैं और अर्थ तलाशते हैं। उन्होंने यह भी माना कि कठिनाइयाँ और चुनौतियाँ जितनी ज़्यादा बड़ी होंगी, उतनी ही ज़्यादा वे सार्थक हो सकती हैं। उनका कहना था कि हम अपनी ज़िंदगियों के कठिन हिस्सों से जिस तरह से निपटते हैं, उसी से "पता चलता है कि हम कौन हैं।"

अगर हम अपना भाग्य बदल नहीं सकते तो कम से कम उसे स्वीकार तो कर सकते हैं, उससे तालमेल तो बना सकते हैं, और परेशानियों के बीच में भी संभवतः आंतरिक विकास कर सकते हैं। यह तरीक़ा उस विचार का हिस्सा था जिसे "अस्तित्ववादी चिकित्सा" कहा जाता है और जिसमें पीड़ा, मौत जैसे ज़िंदगी के बड़े मुद्दों से निपटा जाता है। फ़्रैंकल के अनुसार इन सभी मुद्दों से तब बेहतर तरीक़े से निपटा जाता है जब व्यक्ति के पास उद्देश्य की स्पष्ट समझ हो। फ़्रैंकल के मत समेत, अस्तित्ववादी चिकित्साएँ, मानवतावादी मनोविज्ञान आंदोलन के हिस्से के रूप में ख़ासतौर पर पनपीं जो कि 1970 के दशक में चरम पर था और आगे के दशकों में जारी रहा।

यह बात तय है कि लोगोथेरेपी और अस्तित्ववादी विश्लेषण आज तक जारी हैं।

फ़्रैंकल के विचार में, तीन तरीक़े से लोग अपनी ज़िंदगी का अर्थ पूरा करते हैं। पहला, कार्य, मतलब अपनी ख़ुशी के लिए कोई काम, कला, या परिश्रम; जिसके लिए हम याद किए जाएँ और जो असर छोड़ जाए। दूसरा, प्रकृति, कलाकृतियों या लोगों से सहज प्रेम की सराहना करके अर्थ तलाशा जा सकता है। फ़्रैंकल कीर्केगार्ड का हवाला देकर कहते हैं कि ख़ुशी का द्वार हमेशा बाहर की तरफ़ खुलता है। तीसरा तरीक़ा वह है जिसमें कोई व्यक्ति अपनी मौत का सामना करने, यातना शिविरों में भयावह दिन गुज़ारने जैसी जीवन की संभावनाओं की ना टाले जाने वाली सीमाओं को किस तरह से अपनाता है और किस तरह से उन पर प्रतिक्रिया व्यक्त करता है। संक्षेप में कहें तो हमारे जीवन हमारे कार्यों के ज़रिए, प्रेम के ज़रिए, और पीड़ा के ज़रिए अर्थ तलाशते हैं।

यहाँ मुझे दलाई लामा का वह जीवन सबक़ याद आता है जो उन्होंने अपने अस्सीवें जन्मदिन के मौक़े पर दी थी। तब मैंने *अ फोर्स फ़ॉर गुड : द दलाई लामा'ज़ विज़न फ़ॉर अवर वर्ल्ड* लिखी थी। सबसे पहले उन्होंने अपने स्वयं के मन पर और ज़िंदगी की कठिनाइयों पर प्रतिक्रिया व्यक्त करने के अपने ढंग पर आंतरिक नियंत्रण करने की सलाह दी। इसके बाद बारी आती है करुणा और परोपकार तथा दूसरों की मदद

करने की इच्छा का आचार अपनाने की। अंत में, उस परिदृश्य पर आपको ज़िंदगी से मिले तरीक़ों के साथ काम करना चाहिए।

फ़्रैंकल लगभग दो हज़ार साल पहले के रब्बी हिलेल के एक अभिसरण सूत्रीकरण का हवाला देते हैं। उसका मेरे हिसाब से सबसे अच्छा अनुवाद यह होगा : "यदि मैं अपने लिए नहीं हूँ, तो मेरे लिए कौन होगा? अगर मैं दूसरों के लिए नहीं हूँ तो मैं क्या हूँ? और अगर अब नहीं तो फिर कब?" फ़्रैंकल के हिसाब से, इसका मतलब है कि हम में से हरेक का अपने जीवन का अनूठा उद्देश्य है और दूसरों की सेवा करना इसे समृद्ध बनाता है। हम अपने जीवन चक्र की विशिष्ट माँगों पर जितनी अच्छी प्रतिक्रिया देते हैं उसकी तुलना में हमारे कार्यों का दायरा और विस्तार कम मायने रखता है।

ज्ञान के इन अलग-अलग शब्दों में एक सामान्य सूत्र दैनिक जीवन की नैतिकता में यहाँ और अभी, अपने उद्देश्य को प्रकट करने के रूप में जीवन की वास्तविकताओं के प्रति पल-पल प्रतिक्रिया करने के तरीक़ों का निर्णय करता है। हमारी ज़िंदगियाँ हमारे जीवन के अर्थ की हमारी खोज का प्रश्न खड़ा करती हैं। इस प्रश्न का उत्तर हम ज़िंदगी जीने के तरीक़े से देते हैं।

इसमें कोई शक नहीं कि फ़्रैंकल ने भी मानवीय कमज़ोरियों को देखा था। वे कहते हैं कि हम में से हरेक अपने-अपने तरीक़े से अधूरा है। उन्होंने इस पर भी सकारात्मक रुख़ अपनाया और यह निष्कर्ष निकाला कि हमारी अनूठी ताक़त और कमज़ोरियाँ हममें से प्रत्येक को विशिष्ट रूप से अद्वितीय बनाती हैं।

फ़्रैंकल की तरह नाज़ी यातना शिविरों से रिहा हुए लोगों में से ज़्यादातर अपने घरों को लौटने के बजाय अन्य देशों में जाने का फ़ैसला किया क्योंकि उनके बहुत सारे पड़ोसी हत्यारे बन चुके थे। हालाँकि विक्टर फ़्रैंकल ने रिहा होने के बाद अपने मूल देश विएना में रहने का ही विकल्प चुना था और वहाँ के एक मुख्य अस्पताल में वो न्यूरोलॉजी विभाग के प्रमुख बन गए थे।

वो जिन ऑस्ट्रियाई लोगों के बीच रहते थे, वे अक्सर फ्रैंकल को यह कहकर हैरान कर देते थे कि वे जिन शिविरों से मुश्किल से बचकर आए थे, वे उनकी भयावहता के बारे में कुछ नहीं जानते हैं। हालाँकि फ्रैंकल इस बहाने को बहुत कमज़ोर मानते थे। उन्हें लगता था कि इन लोगों ने जानबूझकर नहीं जानने का *फ़ैसला* किया था।

नाज़ियों के एक और उत्तरजीवी, सामाजिक मनोवैज्ञानिक एर्विन स्टॉब को एक निश्चित मौत से राजनयिक राउल वॉलनबर्ग ने बचाया था, जिसने हंगरी के हज़ारों हताश लोगों के स्वीडिश पासपोर्ट बनाए थे, और उन्हें नाज़ियों से बचाए रखा था। स्टॉब ने क्रूरता और घृणा का अध्ययन किया, और पाया कि किनारा करना, या देखने या नहीं जानने का विकल्प चुनना इस तरह की बुराई की जड़ों में शामिल है। उस नहीं जानने को अपराधियों ने मौन स्वीकृति समझा था। स्टॉब ने पाया कि अगर इसके बजाय तमाशबीनों ने बुराई के विरोध में बोला होता, कुकर्मियों के लिए इस तरह के काम करना ज़्यादा कठिन हो जाता।

फ्रैंकल के अनुसार, युद्ध के बाद के विएना में उसे जिस "नहीं जानने" का सामना करना पड़ा था, वह उस अल्पकालिक साम्राज्य में बिखरे हुए नाज़ी मृत्यु शिविरों के बारे में था। विएना के नागरिक उन शिविरों में क़ैद रहे और मारे गए अपने ही पड़ोसियों की तक़दीर से बेख़बर थे। उन्होंने बताया कि नहीं जानने का अंतर्निहित मक़सद, उन अपराधों के लिए ज़िम्मेदारी या अपराध की भावना से बचना था। उन्होंने देखा कि सामान्य तौर पर लोगों को उनके तानाशाही शासकों ने प्रोत्साहित किया था कि वे आज के जीवन के बारे में भी सच्चाई नहीं जानें।

नादानी की यही स्थिति, *आई हेड नो आइडिया,* अंतर्पीढ़ीय तनाव के उभरने की समकालीन प्रतिध्वनि है। दुनिया भर के युवा लोग पुरानी पीढ़ियों से इस बात के लिए नाराज होते हैं कि वे एक बर्बाद ग्रह छोड़ गए, जहाँ पर्यावरणीय विध्वंस का ज़ोर सदियों तक नहीं तो दशकों तक तो ज़रूर जारी रहेगा।

यह पर्यावरणीय नादानी औद्योगिक क्रांति के समय से ही सदियों तक जारी रही। तब से हमने अनगिनत निर्माण मंचों और प्रक्रियाओं

का आविष्कार देखा, जिनमें से ज़्यादातर उस युग में हुए थे जब हमें उनके पारिस्थितिकीय प्रभावों के बारे में कुछ पता नहीं था। विज्ञान और प्रौद्योगिकी में तरक़्क़ी बदलाव ला रही है और इस तरह के विकल्प पैदा कर रही है जो जलवायु संकट की तरफ़ ध्यान देते हैं और पूरी दुनिया में तथा सभी पीढ़ियों के बीच उन्हें सक्रियता से अपनाया जा रहा है।

इस तरह के बाधाकारी और सचमुच "हरित" विकल्प आज के युवाओं के लिए ज़िंदगी के अकाट्य सत्य और भावी दशकों के ग्रह - पृथ्वी 2.0 की निराशा को कम करने का एकतरफ़ा उपाय है। फ़्रैंकल का देहांत 1997 में हो गया था लेकिन अगर वो आज हमारे साथ होते तो निःसंदेह इस बात से प्रसन्न होते कि आज के युवा पर्यावरणीय तथ्य जानने, उनका उद्देश्य तथा अर्थ समझने और उन पर अमल करने का विकल्प चुन रहे हैं।

कुछ ही समय पहले ख़त्म हुए विश्वयुद्ध के दौरान "सभ्य" जगत के बड़े हिस्से को प्रभावित करने वाले अंधाधुंध पागलपन के संदर्भ में फ़्रैंकल ने महसूस किया कि उनके दिनों की युवा पीढ़ी के पास उस तरह के रोल मॉडल नहीं हैं जो उन्हें उत्साही आदर्शवाद का भाव या ऐसी ऊर्जा दे सकें जो उन्हें प्रगति की ओर अग्रसर कर सकें। उन्होंने महसूस किया कि युद्ध के प्रत्यक्षदर्शी रहे युवा बहुत ज़्यादा क्रूरता, व्यर्थ की पीड़ा और सकारात्मक रवैये के विनाशकारी नुक़सान को देख चुके थे और ऐसे में उत्साह की बात का तो कोई मतलब ही नहीं रह जाता।

उन्होंने पाया कि विश्वयुद्ध के शुरू के और बीच के सालों में सभी तरह के सिद्धांतों को "एकदम नकार" दिया गया था, और शून्यवादी धारणा को छोड़ दिया गया था कि दुनिया में कोई सार है ही नहीं। फ़्रैंकल ने पूछा कि कई सारे झूठों की बौछार से निर्दयतापूर्वक नष्ट हुई, जीवन के सुंदर अर्थ जैसी अवधारणा को पुनर्जीवित करना कैसे संभव होगा।

एक और समयानुकूल अंतर्दृष्टि में फ़्रैंकल ने देखा कि अंधाधुंध भोग और ख़रीदारी के पीछे पागल लोगों के भौतिकवादी नज़रिए में किस तरह से निरर्थक जीवन का खुलासा किया जाता है। उन्होंने इसे नैतिकता का ख़याल किए बिना "भकोसना" कहा। उपभोग करने की वह तीव्र इच्छा

आज का प्रभावी वैश्विक नज़रिया बन गया है जिसमें व्यक्ति किसी भी बड़े अर्थ या अंदरूनी मक़सद से दूर है।

फ़्रैंकल के भाषण देने से आख़िरी कुछ दशक पहले आर्थिक तंत्र ने मानवीय गरिमा का जो क्षय किया, उसने कार्यशील स्त्री-पुरुषों को "केवल साधनों" में बदल दिया और उनका स्तर गिरकर केवल दूसरों के लिए धन अर्जित करने के "औज़ार" बन जाने का हो गया। फ़्रैंकल ने इसे मानवीय गरिमा का अपमान माना और तर्क दिया कि किसी भी इंसान को किसी भी रूप में केवल साधन नहीं बनना चाहिए।

और फिर, वे यातना शिविर भी थे जहाँ ज़िंदगी को केवल मौत के क़ाबिल माना जाता था। उनमें ग़ुलामों की मेहनत का उनकी शारीरिक सीमाओं तक शोषण किया जाता था। इस सब कारणों से और साथ में दुष्ट नेताओं की मिलीभगत के सामान्य सत्य के कारण, ख़ासतौर पर यूरोपीय देशों में अपराधबोध की एक सामूहिक भावना बलवती हुई। इस सबसे ऊपर, फ़्रैंकल शिविर से बच सकने में सफल होने के कारण जानते थे कि "हममें से सर्वश्रेष्ठ" नहीं लौट सकेंगे। वह ज्ञान किसी "उत्तरजीवी के अशक्त कर देने वाले अपराधबोध" में आसानी से बदल सकता था। फ़्रैंकल की तरह के बचे हुए छोटे-मोटे चमत्कारी लोगों को फिर से सीखना पड़ा कि बिलकुल प्रसन्न कैसे रहा जाए।

जैसा कि फ्रैंकल ने महसूस किया कि अंदरूनी संकट से उपजे अर्थ के किसी भी भाव के इन सारे अपमानों से, शून्यवादी अस्तित्ववाद के सुविधाविहीन वैश्विक नज़रिए की ओर ले जाने वाला कोई भी व्यक्ति, बैकेट के मायूस युद्धोत्तर नाटक *वेटिंग फ़ॉर गॉडॉट* के बारे में सोच सकता है जो कि उन वर्षों के संदेहवाद और मायूसी की अभिव्यक्ति है। जैसा कि फ़्रैंकल ने कहा, "अगर समकालीन दर्शन विश्व को इस नज़रिए से देखता है कि इसका कोई सार नहीं है, तो इसमें कोई हैरत नहीं होनी चाहिए।"

अब सात दशक या इससे ज़्यादा के समय से आगे आते हैं। फ़्रैंकल जिस भयावहता से बचकर निकले थे, उससे प्राप्त नकारात्मक नज़रिए में वे जिस बात को नहीं भाँप पाए थे, वह यह थी कि इन दिनों कई तरह के सबूतों से यह पता चलता है कि आज के अनेक युवा अपने अर्थ और

उद्देश्य की भावना को प्राथमिकता दे रहे हैं। हालाँकि एक मिसाल उन लोगों की ली जाए जो इन दिनों कंपनियों के लिए लोगों को भर्ती करते हैं और नौकरी पर रखते हैं। यह पता चलता है कि संभावित अभ्यर्थियों की नई पीढ़ी में ऐसा अब तक के इतिहास में सबसे ज़्यादा हो रहा है कि ये लोग ऐसी जगह काम करना पसंद नहीं करते जिनकी गतिविधियाँ उनके निजी मूल्यों के विपरीत होती हैं।

उद्देश्य के महत्त्व के बारे में फ़्रैंकल का अंतर्ज्ञानात्मक बोध काफ़ी सारे शोध के बाद तैयार हुआ था। मसलन, ज़िंदगी में उद्देश्य की भावना होना ख़राब सेहत के लिए प्रतिरोधक का काम करती है। आँकड़े बताते हैं कि जीवन के उद्देश्य रखने वाले लोग ज़्यादा जीते हैं। शोधकर्ताओं ने पाया कि उद्देश्य रखना सुखी जीवन के स्तंभों में से एक है।

बैकेट के नाटक में, एस्ट्रागॉन और व्लादीमीर नाम के दो चरित्र निरंतर नाउम्मीदी में फँसे हुए, गॉडॉट का इंतज़ार करते हुए अपनी निरर्थक दुर्दशा से बचने के लिए आत्महत्या के भौंडे प्रयास करते हैं। इसके विपरीत, फ़्रैंकल ने नाज़ियों द्वारा उन्हें यातना शिविरों में भेजे जाने से पहले, एक सफल आत्महत्या निरोधक कार्यक्रम तैयार किया था। उन दिनों के जर्मन कॉलेजों में, युवा छात्र अपने परीक्षा परिणाम आने के बाद बड़ी संख्या में आत्महत्या कर लेते थे क्योंकि उन्हीं परिणामों से तय होता था कि उन्हें आगे का प्रशिक्षण मिलेगा या नहीं।

फ़्रैंकल का मानना था कि आत्महत्या निरर्थकता की पराकाष्ठा है। उन्होंने लिखा, "आत्महत्या ना तो किसी समस्या का समाधान है" और ना ही ज़िंदगी के किसी सवाल का उत्तर है। फ़्रैंकल का तर्क था कि कम अंक आने के जीवन पर पड़ने वाले प्रभावों से परेशान होने या उसे बहुत ज़्यादा बढ़ा-चढ़ाकर बताने के बजाय, छात्र-छात्राओं को अपने जीवन की वृहद महत्त्वाकांक्षाओं पर ध्यान देना चाहिए। कुछ सूत्रों के अनुसार, उनके कार्यक्रम शुरू होने के पहले ही साल में आत्महत्या करने वालों की संख्या घटकर शून्य हो गई थी।

"जिसके पास भी जीने का *कारण* मौजूद है वह *किसी भी तरह से* हर तरह की परिस्थिति को झेल सकता है," जर्मन दार्शनिक फ़्रेडरिक नीत्शे

ने घोषणा की थी। फ़्रैंकल ने इस कहावत को अपने कुछ साथियों में जीने की इच्छा-शक्ति की व्याख्या के रूप में इस्तेमाल किया। जिन्होंने अपनी ज़िंदगी में बड़ा अर्थ और उद्देश्य पाया, जिनके पास अपने योगदान के बारे में कोई सपना था, फ़्रैंकल के विचार में, उन लोगों के ज़्यादा जीने के आसार होते हैं, बनिस्बत उन लोगों के जो हार मान चुके हैं।

एक महत्त्वपूर्ण तथ्य यहाँ मायने रखता था। क़ैदियों पर सुरक्षाकर्मियों की क्रूरता, पिटाई, प्रताड़ना, और मौत के निरंतर ख़तरे के बावजूद, उनके जीवन का एक हिस्सा आज़ाद था, और वह था उनका स्वयं का दिमाग़। क़ैदियों की आशाएँ, कल्पनाएँ, और सपने तो उनकी भयावह परिस्थितियों के बावजूद उनके अपने ही थे। फ़्रैंकल का कहना था, आंतरिक योग्यता असली मानवीय आज़ादी है; “अगर भूखे रहने के पीछे कोई उद्देश्य या अर्थ है तो लोग भूखा रहने को तैयार हैं।”

इस अस्तित्ववाद संबंधी तथ्य से फ़्रैंकल ने यह सबक़ हासिल किया : जीवन की घटनाओं के बारे में हम जो भी दृष्टिकोण बनाते हैं, वह उससे ज़्यादा मायने रखता है जो हमारे ऊपर असर डालता है। “भाग्य” वह होता है जो हमारे नियंत्रण के परे होता है। हालाँकि हम में से हरेक इस बात के लिए ज़िम्मेदार होता है कि हम उन घटनाओं से अपने को किस तरह से जोड़कर देखते हैं।

क़ैदी के रूप में फ़्रैंकल ने जो साल बिताए, उनसे उन्हें गहन विश्वास हासिल हुआ, लेकिन शिविर जीवन की भयावहता से गुज़रने के पहले ही उन्होंने अर्थ की भावना के एकल महत्त्व पर अपनी ये अंतर्दृष्टियाँ बना ली थीं। जब उन्हें 1941 में गिरफ़्तार किया गया और प्रत्यर्पित किया गया, तब उन्होंने अपने ओवरकोट के अस्तर में वह पुस्तक छिपाकर सिल ली थी जिसमें उन्होंने अपना यह तर्क दिया था। उन्हें उम्मीद थी कि वो किसी दिन उस पुस्तक को प्रकाशित करवा सकेंगे, हालाँकि क़ैदी के रूप में अपने पहले ही दिन उनका वह कोट और उस अप्रकाशित पुस्तक को उनसे ले लिया गया था। अपने विचारों को एक दिन प्रकाशित कराने, और साथ ही अपने प्रियजनों को एक बार फिर देख सकने की लालसा ने उन्हें एक निजी उद्देश्य प्रदान किया जिससे उन्हें उत्साही बने रहने में मदद मिली।

युद्ध के बाद, और शिविर की क्रूरताओं के बावजूद क़ायम रहे जीवन के बारे में अपने आशावादी रवैये के साथ, फ़्रैंकल ने इन व्याख्यानों में लोगों को, नुक़सानों, सदमों और विरक्तियों के बावजूद "नव मानवता" के लिए प्रयास करने का आह्वान किया। उन्होंने तर्क दिया, "मानव जो भी है, अब भी वैध है।"

फ़्रैंकल अपने छात्र-छात्राओं को बताते हैं कि जो भी वो सोचते हैं, वह उन्हें अपनी स्वयं की ज़िंदगी के बारे में उद्देश्य की भावना प्रदान करता है। एक छात्र ने बिलकुल सही अनुमान लगाया था : अन्य लोगों को उनका मक़सद तलाशने में मदद करना। फ़्रैंकल ने इन व्याख्यानों और इस पुस्तक का समापन यह कहते हुए किया कि उनका समूचा उद्देश्य यही है कि हम में से कोई भी हर परिस्थिति में जीवन को "हाँ" कह सके।

संपादकीय कथन

इस पुस्तक में प्रकाशित व्याख्यान विक्टर फ़्रैंकल ने मार्च और अप्रैल 1946 में विएना के एक नौकरीशुदा लोगों की बहुलता वाले जिले ओटाक्रिंग में एक वयस्क शिक्षा महाविद्यालय में दिए थे। उसी साल *ट्रॉट्ज़डेम जा ज़ुम लेबेन सागेन। ड्रेई वॉरट्रैज (हर हाल में जीवन को हाँ कहें। तीन व्याख्यान)* नाम से पुस्तक रूप में इनका प्रकाशन हुआ।

इस नए संस्करण में ऐसे बहुत से शब्दों को सावधानीपूर्वक बदल दिया गया है जो फ़्रैंकल के समय जर्मन के सामान्य और चिकित्सकीय शब्दकोश में आम थे, लेकिन अब उनकी स्वीकार्यता नहीं रह गई है। ऐसे शब्द हैं - 'लूनेटिक एसिलम,' 'नीग्रो,' 'मेंटली इल,' 'एस्टर्मिनेशन,' 'इडियोटिक, बैकवर्ड चिल्ड्रन।'

हालाँकि, अंग्रेज़ी संस्करण में, फ़्रैंकल के तर्कों और मूल लहजे तथा भाषाई चरित्र को बरकरार रखने के लिए 'ही' और 'हिम' को लिंग-निरपेक्ष शब्दों से नहीं बदला गया है।

जीवन के अर्थ और मूल्य के बारे में : 1

जीवन के अर्थ और मूल्य के बारे में बात करना आज (1946) पहले की तुलना में ज़्यादा ज़रूरी लगता है; प्रश्न केवल यही है कि क्या और कैसे यह 'संभव' है। कुछ संदर्भों में आज यह ज़्यादा आसान है। हम अनेक चीज़ों के बारे में फिर से मुक्त रूप से बोल सकते हैं; ऐसी चीज़ों के बारे में बात कर सकते हैं जो मानव अस्तित्व की सार्थकता और उसके मूल्य की समस्या से तथा मानवीय गरिमा के साथ सहज रूप से जुड़ी हुई हैं। हालाँकि, अन्य संदर्भों में अर्थ, मूल्य और गरिमा के बारे में बोलना और ज़्यादा कठिन हुआ है। हमें अपने आपसे पूछना होगा : क्या हम आज भी इन शब्दों का इस्तेमाल उतनी ही आसानी से करते हैं? क्या इन शब्दों के अर्थ ही किसी न किसी तरह से सवालों के घेरे में आ गए हैं? क्या हमने हाल के वर्षों में हर उस चीज़ के ख़िलाफ़ नकारात्मक प्रोपेगेंडा नहीं देखा है जिससे लोगों का आशय है या कभी था है?

इन पिछले सालों का प्रोपेगेंडा व्यावहारिक रूप में अस्तित्व के अर्थ और मूल्य के ख़िलाफ़ प्रोपेगेंडा था जिस पर सवाल उठ चुके थे! वास्तव में इन वर्षों में मानव जीवन की मूल्यहीनता को प्रदर्शित करने की कोशिश पाई गई।

कांट के समय से ही, यूरोपीय विचार मनुष्यों की सच्ची गरिमा के बारे में स्पष्ट बयान देने में सफल हो गया था : कांट ने अपनी स्पष्ट अनिवार्यता के दूसरे सूत्रीकरण में स्वयं कहा था कि हर चीज़ का अपना मूल्य होता है, लेकिन मनुष्य की अपनी गरिमा होती है – मनुष्य को कभी भी अंत का साधन नहीं बनना चाहिए। हालाँकि, पिछले कुछ दशकों के *आर्थिक तंत्र* में, ज़्यादातर *कामकाजी लोग* साधन मात्र में बदल गए, और उनका स्तर आर्थिक जीवन के औज़ार बनने तक गिर गया। अब यह वह काम नहीं रह गया था जो अंत का साधन हो, जीवन का साधन हो

अथवा, जीवन के लिए खुराक हो; इसके बजाय यह मनुष्य और उसका जीवन, उसकी जीवन-ऊर्जा, उसकी 'श्रम-शक्ति' थी, जो इस तरह से अंत का साधन बन गई थी।

और फिर युद्ध आ गया - जो ऐसा युद्ध था जिसमें मनुष्य और उसका जीवन अब मौत का साधन ही बन गया था। और फिर यातना शिविर थे। शिविरों में यहाँ तक कि ऐसी ज़िंदगी का भी उसकी चरम सीमा तक शोषण किया जाता था जिसे केवल मौत के योग्य माना जाता था। जीवन का ये कैसा अवमूल्यन था, मानवजाति की कैसी अधोगति थी, कैसा पतन था! किसी निष्कर्ष पर पहुँचने के लिए, आइए हम उस स्थिति की कल्पना करने की कोशिश करते हैं कि जिसमें सरकार जिन लोगों के लिए मौत की सज़ा तय कर चुकी है, उनसे किस तरह से मरते-मरते पूरी क्षमता से श्रम कराकर उनका शोषण करती है - शायद उसकी सोच यह थी कि उन लोगों को ऐसे ही तुरंत मार देने या ज़िंदगी के बचे-खुचे दिनों में खाना खिलाने के बजाय यह तरीक़ा ज़्यादा समझदारी भरा है। और क्या हमें यातना शिविरों में बार-बार यह नहीं कहा जाता था कि हम लोग 'सूप पीने के योग्य नहीं' हैं, जबकि वह सूप ही हमारा दिन भर का एकमात्र भोजन होता था और उसके लिए भी हमें ज़मीन की खुदाई करके भारी मेहनत करनी पड़ती थी? हम नाक़ाबिल अभागों को भी कृपा के इस अयोग्य उपहार को आवश्यक तरीक़े से स्वीकार करना पड़ता था : जब क़ैदी को सूप दिया जाता था तो उसे अपनी टोपी उतारनी पड़ती थी। तो, जैसे हमारा जीवन सूप की कटोरी के लायक़ भी नहीं था, और हमारी मौत की भी क़ीमत न्यूनतम थी, एक कटोरी सूप के लायक़ नहीं, हमारी मौत भी न्यूनतम मूल्य की थी, सीसे की एक गोली के लायक़ भी नहीं थी, बस कुछ *ज़ायकोलॉन*[i] बीप के लायक़ थी।

आख़िर में, मानसिक संस्थानों में *नरसंहारों* की बात आती थी। यहाँ यह बात स्पष्ट हो जाती थी कि सर्वाधिक घृणित रूप में भी, जब किसी

i. ज़ायकोलॉन बी (मूल रूप से कीटनाशक) एक बेहद ज़हरीली गैस का ब्रांड नाम था जो हाइड्रोजन साइनाइड से बनती थी। ऑशवित्ज़ और अन्य मृत्यु शिविरों में नरसंहार के लिए नाज़ी इस गैस का इस्तेमाल करते थे।

व्यक्ति का जीवन अब 'उत्पादक' नहीं रह गया तो उसे शब्दशः 'जीवन के अयोग्य' घोषित कर दिया जाता था।

हालाँकि, जैसा हमने पहले ही कहा था, 'बकवास' का भी उस समय प्रोपेगेंडा किया जाता था। हम इसका क्या मतलब समझें?

आज हमारी ज़िंदगी के प्रति दृष्टिकोण में अर्थ में विश्वास के लिए मुश्किल से कोई जगह बची है। हम विशुद्ध युद्ध-पश्चात काल में रह रहे हैं। हालाँकि, मैं यहाँ कुछ-कुछ पत्रकारीय भाषा इस्तेमाल कर रहा हूँ, लेकिन आज के औसत व्यक्ति की मानसिक स्थिति और आध्यात्मिक दशा को सबसे सटीक रूप से 'आध्यात्मिक रूप से बमबारी के शिकार' के रूप में वर्णित किया जाता है। यह अकेले ही काफ़ी ख़राब होगा, लेकिन यह इस तथ्य से और भी बदतर हो जाता है कि इसके साथ ही हम पर यह भावना बहुत ज़्यादा हावी है कि हम एक बार फिर से एक तरह से युद्ध के पहले के काल में ही रह रहे हैं।

अणु बम का आविष्कार वैश्विक पैमाने पर तबाही का डर फैला रहा है, और दूसरी सहस्राब्दी के आख़िरी हिस्से में दुनिया के ख़ात्मे की सर्वनाशी मानसिकता हावी हो चुकी है। इस तरह की सर्वनाशी मानसिकताओं को हम इतिहास से भी जानते हैं। ये पहली सहस्राब्दी के आरंभ और अंत में मौजूद थीं। और चर्चित रूप से, पिछली शताब्दी में शताब्दी के अंत की भावना थी, और यही भावना अकेली पराजयवादी नहीं थी; इन सभी मनोभावों के मूल में नियतिवाद था।

हालाँकि, हम इस तरह के भाग्यवाद की भावना के साथ किसी भी आध्यात्मिक पुनर्निर्माण की ओर नहीं बढ़ सकते। पहले हमें इससे उबरना होगा। लेकिन ऐसा करने में हमें इस बात का ध्यान रखना चाहिए कि आज हम प्रफुल्लित आशावाद के साथ इतिहास को वह सब कुछ नहीं दे सकते जो पिछले वर्षों के साथ इन्हें मिला है। हम निराशावादी हो चुके हैं। हम अब अपने आप में प्रगति में, मानवता के उच्च विकास में किसी ऐसी चीज़ के रूप में जो स्वचालित रूप से सफल हो सकती है, विश्वास नहीं करते हैं। अपने आप होने वाली प्रगति में अंधविश्वास केवल *आत्मसंतुष्ट रूढ़िवादी व्यक्तियों* का विषय बन गया – आज ऐसा विश्वास प्रतिक्रियावादी

होगा। आज हम जानते हैं कि मनुष्य क्या करने में सक्षम है। और अगर लोगों के अपने आसपास की दुनिया को अतीत में देखने और वर्तमान में देखने के तरीक़ों में बुनियादी अंतर है, तो शायद इसे सबसे अच्छी तरह से पहचाना जाता है : अतीत में, सक्रियता को आशावाद के साथ जोड़ा गया था, जबकि आज सक्रियतावाद के लिए निराशावाद की आवश्यकता है।

चूँकि आज कार्य के लिए हर प्रेरणा इस ज्ञान से उत्पन्न होती है कि प्रगति का ऐसा कोई रूप नहीं होता है जिस पर हम विश्वसनीय तरीक़े से निर्भर कर सकें। यदि आज हम आलसी बनकर नहीं बैठ सकते हैं, तो यह ठीक है क्योंकि हम में से हर कोई यह तय करता है कि वास्तव में 'प्रगति' क्या है और कितनी दूर है। इसमें हम जानते हैं कि आंतरिक प्रगति वास्तव में प्रत्येक व्यक्ति के लिए ही संभव है, जबकि व्यापक प्रगति में ज़्यादातर तकनीकी प्रगति होती है, जो हमें केवल इसलिए प्रभावित करती है क्योंकि हम तकनीकी युग में रहते हैं। हमारे कार्य अब केवल हमारे निराशावाद से पैदा हो सकते हैं; हम अब भी जीवन में अवसरों का लाभ केवल संशयवाद के दृष्टिकोण से उठाने में सक्षम हैं, जबकि पुराना आशावाद हमें आत्म-संतुष्टि में ले जाएगा और भाग्यवाद को प्रेरित करेगा, लेकिन यह सुहाना भाग्यवाद होगा। मुझे उस सुहाने भाग्यवाद के बजाय, कभी भी एक शांत सक्रियता चाहिए!

जीवन की सार्थकता में किसी व्यक्ति का विश्वास कितना अडिग होना चाहिए, ताकि इस तरह के संशय से वह छिन्न-भिन्न नहीं हो जाए। अगर यह विश्वास इस संशय और निराशावाद को स्वीकार करने और सहन करने में सक्षम होता है, तो मानव अस्तित्व के अर्थ और मूल्य में हमें बिना शर्त कितना विश्वास करना होगा। और ठीक ऐसे समय में जब सभी आदर्शवाद इतने हताश हो चुके हैं, और सारा उत्साह ख़त्म हो चुका है; तब हम आदर्शवाद या उत्साह की अपील के अलावा कुछ नहीं कर सकते। हालाँकि आज के युवाओं और वर्तमान पीढ़ी की यह सोच है कि हमें आदर्शवाद और उत्साह पाने के काफ़ी आसार हैं, लेकिन अब हमारा कोई रोल मॉडल नहीं है। इस एक पीढ़ी को बहुत ज़्यादा उथल-पुथल देखनी पड़ी, बहुत सारी बाहरी उथल-पुथल देखनी पड़ी - और उसके नतीजतन आंतरिक उथल-पुथल भी देखनी पड़ी, टूट-फूट देखनी पड़ी; और यह सब

एक पीढ़ी के लिए इतना अधिक रहा कि हम उनके आदर्शवाद और उत्साह को बनाए रखने के लिए निर्विवाद रूप से उन पर भरोसा कर सकते हैं।

इन पिछले कुछ वर्षों के परिणामस्वरूप सभी कार्यक्रम, सभी नारे और सिद्धांत पूरी तरह से बदनाम हो गए हैं। कुछ भी बचे रहने के क़ाबिल नहीं था, इसलिए इसमें आश्चर्य की कोई बात नहीं होनी चाहिए कि समकालीन दर्शन दुनिया को इस तरह से मानता है जैसे कि इसमें कोई सार ही नहीं है। हालाँकि इस शून्यवाद के माध्यम से, निराशावाद और संदेहवाद के माध्यम से, उस 'नई निष्पक्षता' की गंभीरता के माध्यम से जो अब 'नई' नहीं है बल्कि पुरानी हो चुकी है, हमें एक नई मानवता के लिए प्रयास करना चाहिए। पिछले कुछ वर्षों में निश्चित रूप से हमारा मोहभंग हुआ है, लेकिन उनमें हमें यह भी देखने को मिला है कि जो मनुष्य है वह अब भी मान्य है; उनमें हमें सीखने को मिला है कि यह सब एक मनुष्य का सवाल है। आख़िरकार, अंत में जो बचा था, वह इंसान ही तो था! क्योंकि यह तो मनुष्य ही था जो हाल के दिनों की सारी गंदगी के बीच बच गया। और उतना ही मनुष्य वह भी था जो यातना शिविरों के अनुभवों में बचा रह गया था। (इसका एक उदाहरण बवेरिया में कहीं मिला था जिसमें कैंप कमांडर, जो कि एसएस सेना का सदस्य था, वह पास के बवेरियन बाज़ार में फ़ार्मेसी से नियमित रूप से 'अपने' क़ैदियों के लिए दवाएँ ख़रीदने के लिए अपनी जेब से पैसे ख़र्च करता था; जबकि उसी शिविर में, शिविर का एक बुज़ुर्ग जो कि ख़ुद भी क़ैदी था, शिविर के बाक़ी कैदियों के साथ सबसे बुरे तरीक़े से दुर्व्यवहार करता था : यह सब इंसानी स्तर से बहुत नीचे की बातें थीं!)

जो बचा रह गया वह था व्यक्ति, मनुष्य – और कुछ नहीं। उन वर्षों के दौरान सब कुछ : पैसा, शक्ति, प्रसिद्धि, उससे दूर हो गया था; अब उसके लिए कुछ भी निश्चित नहीं था : ना जीवन, ना स्वास्थ्य, ना सुख; उसके लिए सब कुछ सवालों के घेरे में था : घमंड, महत्त्वाकांक्षा, रिश्ते। सब कुछ मात्र अस्तित्व में सिमट गया था। दर्द से जला हुआ, वह सब कुछ पिघल गया था जो आवश्यक नहीं था – मनुष्य घटकर वही रह गया था जो वह पिछले विश्लेषण में था : या तो आम भीड़ का सदस्य, इसलिए कोई वास्तविक नहीं, इसलिए सचमुच में भी कोई नहीं – 'वह'

अब इस तरह से अज्ञात व्यक्ति, संज्ञाहीन वस्तु (!) बन गया था कि बस वह एक क़ैदी संख्या रह गया था; या फिर वह पिघलकर अपने आवश्यक स्व में बदल गया था। तो अंत में, क्या निर्णय लेने जैसा कुछ नहीं बचा था? हमें आश्चर्य नहीं होना चाहिए, क्योंकि जिस नग्नता और कच्चेपन के लिए मनुष्य लौटाया गया था, वह 'अस्तित्व': एक निर्णय के अलावा कुछ भी नहीं है।

हालाँकि, इस निर्णय को लेने में मदद तो मनुष्य के पास ही थी; महत्त्वपूर्ण कारक था दूसरों का अस्तित्व, दूसरों का होना, ख़ासतौर पर उनका रोल मॉडल होना। यह किसी वार्ता या लेखन से ज़्यादा फलदायी था, क्योंकि अस्तित्व सदैव ही शब्द की तुलना में अधिक निर्णायक होता है। और अपने आप से यह पूछना आवश्यक था, और सदैव रहेगा भी कि क्या यह तथ्य पुस्तक लेखन या भाषण देने की तुलना में ज़्यादा महत्त्वपूर्ण है या नहीं : कि हममें से हरेक व्यक्ति सामग्री को अपने स्वयं के होने के काम में वास्तविक रूप से साकार करता है। केवल शब्द ही पर्याप्त नहीं होते। एक बार मुझे ऐसी महिला का ध्यान रखने के लिए बुलाया गया जिसने आत्महत्या कर ली थी। उसके पलंग के ऊपर दीवार पर, एक कहावत अच्छी तरह से फ़्रेम की हुई टँगी थी, जिसमें कहा गया था : 'भाग्य से भी ज़्यादा सशक्त वह साहस है जो इसे मज़बूती से धारण किए होता है।' और इस मनुष्य ने इसी सूत्र वाक्य के नीचे अपनी ही जान ले ली थी। निश्चित ही, ऐसे अनुकरणीय लोग बहुत कम संख्या में हैं जो सामान्य रूप से प्रभावशाली हो सकते हैं या जिन्हें होना चाहिए। हमारा निराशावाद इसे जानता है लेकिन यही कारण है कि हमारा समवर्ती सक्रियवाद मायने रखता है, इसी कारण से कुछ लोगों को ज़बरदस्त ज़िम्मेदारी मिलती है। एक प्राचीन मिथक के अनुसार, दुनिया का अस्तित्व 36 सचमुच के सत्यनिष्ठ लोगों के हर समय उपस्थित रहने पर आधारित है। केवल 36! बहुत ही सूक्ष्म संख्या। और, इस पर भी ये लोग समूचे विश्व के नैतिक अस्तित्व को जारी रखने की गारंटी होते हैं। हालाँकि, यह कहानी इस प्रकार आगे बढ़ती है : जैसे ही इन सत्यनिष्ठ व्यक्तियों को इस रूप में उनके आसपास के लोग, उनके साथी पहचान लेते हैं, वैसे ही वे ग़ायब हो जाते हैं, उन्हें 'वापस' ले लिया जाता है, और तुरंत

ही वे मर जाते हैं। इसका क्या मतलब हुआ? अगर हम इसे इस रूप में व्यक्त करें तो शायद हम इसके अर्थ से ज़्यादा दूर नहीं होंगे : जैसे ही हम किसी रोल मॉडल में उपदेश देने की प्रवृत्ति पाते हैं, हम नाराज़ हो जाते हैं; हम मनुष्य यह पसंद नहीं करते कि कोई हमें बच्चों की तरह समझाते हुए भाषण दे।

इन सबसे क्या साबित होता है? अतीत से हमारे पास क्या आता है? दो चीज़ें हैं : सब कुछ व्यक्ति पर निर्भर करता है और उसके समान विचारधारा के लोग कितने कम है, इस बात से कोई फ़र्क़ नहीं पड़ता। और सब कुछ हर व्यक्ति पर उसके शब्दों मात्र से नहीं, बल्कि कार्य के ज़रिए निर्भर करता है, और उसके होने में जीवन के अर्थ को रचनात्मक रूप से हक़ीक़त बनाता है। इसीलिए, हमें हाल के समय के नकारात्मक प्रोपेगेंडा का 'बकवास' प्रोपेगेंडा का, 'बेमतलब' के प्रोपेगेंडा मुक़ाबला ऐसे प्रोपेगेंडा से करना ही चाहिए जो सबसे पहले तो व्यक्तिगत हो और फिर सक्रिय हो। तभी यह सकारात्मक हो सकता है।

हमारे शुरुआती प्रश्न के लिए इतना ही कि क्या, और किस अर्थ में, और किस भावना से, कोई आज भी जीवन में अर्थ और मूल्य का पेरोकार बनने में सक्षम है। हालाँकि जैसे ही हम अस्तित्व के अर्थ की बात करते हैं, उस समय यह किसी न किसी तरह से प्रश्न में आ जाता है। एक बार जब हम इसके बारे में स्पष्ट रूप से पूछते हैं, तो इस पर किसी न किसी तरह से पहले ही संदेह हो चुका होता है। मानव अस्तित्व की सार्थकता के बारे में संशय आसानी से निराशा की ओर ले जा सकता है। हम तब इस निराशा का सामना आत्महत्या करने के निर्णय के रूप में करते हैं।

जब हम आत्महत्या के बारे में बात करते हैं, तो हमें चार आवश्यक, किंतु अनिवार्य रूप से भिन्न, कारणों में भेद करना होता है जिनकी वजह से आत्महत्या करने की आंतरिक इच्छा पैदा होती है। प्रथम, आत्महत्या कोई परिणाम हो सकती है; किसी प्राथमिक मानसिक अवस्था का नहीं, बल्कि भौतिक, शारीरिक अवस्था का परिणाम हो सकती है। इस समूह में वो मामले शामिल होते हैं जिनमें शारीरिक रूप से मानसिक अवस्था में निश्चित परिवर्तन को महसूस करने वाला कोई व्यक्ति अपने को इस तरह

से मारने की कोशिश करता है जैसे कि वह ऐसा करने के लिए मजबूर हो रहा हो। स्वाभाविक रूप से, ऐसे मामले शुरुआत से ही उन मामलों से अलग हैं जिन पर आज के व्याख्यान में चर्चा हो रही है। और फिर ऐसे लोग होते हैं जिनका आत्महत्या करने का संकल्प उनके आसपास के वातावरण पर उसके प्रभाव की गणना को बढ़ावा देता है : ऐसे लोग जो अपने साथ किए गए बरताव का किसी से बदला लेना चाहते हैं, और वो लोग जो बदला लेने की इच्छा के तहत चाहते हैं कि जिससे बदला लेना है वह बाक़ी ज़िंदगी अपराध-बोध से ग्रस्त रहे : आत्महत्या की मौत के लिए उन्हें दोषी महसूस कराया जाए। जब हम जीवन के अर्थ पर विचार करते हैं तो ऐसे मामले भी अलग कर देने चाहिए। तीसरा, ऐसे लोग होते हैं जिनकी आत्महत्या करने की इच्छा इस तथ्य से पैदा होती है कि वे सामान्य तौर पर थके, ज़िंदगी से थक चुके होते हैं। हालाँकि यह थकान एक भावना है - और हम सभी जानते हैं कि भावनाएँ कारण नहीं होतीं। किसी का थका-हारा और ऊबा हुआ महसूस करना उसको उसके रास्तों पर बढ़ने से रोक देने का अपने आप में कोई कारण नहीं है। इसके बजाय, हर चीज़ इस पर निर्भर करती है कि आगे बढ़ने का सचमुच कोई अर्थ है, क्या इससे थकान से उबरने के क़ाबिल बना जा सकता है। यहाँ ज़रूरत ज़िंदगी के अर्थ के, अनवरत सांसारिक थकान के बावजूद जीना जारी रखने के सवाल का उत्तर देने की होती है। वैसे तो जीवित बने रहने का यह कोई वितर्क नहीं है, हालाँकि यह जीवन के बिना शर्त अर्थ के ज्ञान में ही संभव होगा।

हालाँकि असल में, लोगों का एक चौथा समूह यहाँ संबंधित है जो इस वजह से आत्महत्या करना चाहता है क्योंकि वे जीवित रहने या जीवन के अर्थ में विश्वास कर ही नहीं सकते। इस तरह की प्रेरणा से आत्महत्या को आमतौर पर 'बैलेंस-शीट सुसाइड' कहा जाता है। प्रत्येक मामले में यह कथित नकारात्मक जीवन शेष का नतीजा होती है। ऐसे व्यक्ति एक बैलेंस शीट तैयार करते हैं और जो 'उनके पास है' (जमा धन) की तुलना उससे करते हैं जो 'उनके पास होना चाहिए' (ऋण); वे लोग यह तौलते रहते हैं कि ज़िंदगी पर उनका कितना उधार बाक़ी है, और अब भी ज़िंदगी से वे क्या मुनाफ़ा ले सकते हैं, और, गणना में जो नकारात्मक बचत सामने

आती है वह उन्हें आत्महत्या के लिए प्रेरित करती है। अब हम इस बैलेंस शीट की जाँच शुरू करते हैं।

आमतौर पर, बचत खाते में सारी तकलीफ़ें और पीड़ाएँ होती हैं, और बकाया खाते में उन सभी खुशियों और अच्छे भाग्य का ज़िक्र होता है जो व्यक्ति को नहीं मिली हैं। हालाँकि यह बैलेंस बुनियादी तौर पर ग़लत है। इसका कारण इस कहावत से समझ में आ सकता है कि, 'हम इस दुनिया में मौज-मस्ती के लिए नहीं आए हैं।' और 'यह क्या है' और 'क्या होना चाहिए' के दोहरे अर्थ में सही है। ऐसा व्यक्ति जो अपने लिए इसे महसूस नहीं करता है, वह चाहे तो एक रूसी प्रयोगवादी मनोवैज्ञानिक के लेखन का संदर्भ ले सकता है जिसने एक बार यह साबित किया था कि औसत व्यक्ति प्रसन्नता की भावना की तुलना में असंतुष्टि की भावना का अनुभव काफ़ी प्रमुखता से करता है। इसलिए, शुरुआत से ही, यह संभव नहीं होगा कि केवल प्रसन्नता के लिए जिया जाए। हालाँकि, क्या यह ज़रूरी भी है; क्या जीवन इसके ही बारे में होता है?

एक ऐसे व्यक्ति की कल्पना करते हैं जिसे मौत की सज़ा सुनाई गई हो और सज़ा पर अमल के ठीक पहले उसे कह दिया जाए कि वह अपने आख़िरी भोजन का मेन्यू तय करने के लिए स्वतंत्र है। गार्ड उसकी कोठरी में आता है और उससे पूछता है कि वह क्या खाना चाहता है और उसे हर तरह के स्वादिष्ट व्यंजनों के बारे में बताता है; लेकिन वह व्यक्ति उसके हर सुझाव को ख़ारिज कर देता है। वह अपने बारे में यही सब सोचता है कि अब वह पेट भरकर अच्छा खाना खाए या नहीं खाए, इस बात का कोई मतलब नहीं रह गया क्योंकि कुछ ही घंटों में वह केवल लाश बनकर रह जाएगा। और, उस व्यक्ति के शरीर में प्रसन्नता की भावना तब भी महसूस की जा सकती है लेकिन इस तथ्य के संदर्भ में वह निरर्थक हो जाती है कि दो घंटे के अंदर ही वह हमेशा के लिए नष्ट होने जा रही है।

हालाँकि समूचा जीवन मौत के सामने खड़ा है, और अगर यह व्यक्ति सही रहा होता तो हम सबके जीवन निरर्थक होते। क्या हम केवल सुख की चाह रखते हैं, और किसी चीज़ की नहीं; जहाँ तक हो सके, सबसे ज़्यादा और सर्वोच्च स्तर के संभव सुख की ही चाह रखते हैं? प्रसन्नता अपने

आप में हमारे अस्तित्व को अर्थ नहीं दे सकती; इसी प्रकार, प्रसन्नता की कमी जीवन के अर्थ को ले नहीं सकती जो कि पहले से ही हमें स्पष्ट है।

आत्महत्या के प्रयास के बाद बचाए गए एक व्यक्ति ने एक बार मुझे बताया कि उसके मन में शहर से बाहर जाकर अपने सिर में गोली मारने का ख़याल आया था लेकिन काफ़ी रात हो गई थी और ट्राम नहीं चल रही थी। तब उसने टैक्सी करने के बारे में सोचा लेकिन तभी उसके मन में यह ख़याल आया था कि टैक्सी की सवारी करके पैसा बर्बाद नहीं करना चाहिए, और आख़िर में वह यह सोचकर मुस्कराने लगा था कि मरने से कुछ ही समय पहले उसके मन में इस तरह की चिंता कैसे पैदा हुई। मौत के सामने खड़े होकर धन ख़र्च करने से बचने की इच्छा उस व्यक्ति के लिए यह बात निरर्थक लगती है जो आत्महत्या करने पर तुला हो। रवींद्रनाथ टैगोर ने कितनी सुंदरता से इस सबको, जीवन में सुख के अपने दावे की ओर व्यक्तियों की निराशा को इस कविता में व्यक्त किया था :

मैं सोया और मैंने सपना देखा
कि ज़िंदगी आनंद है।
मैं जागा और मैंने देखा
कि ज़िंदगी कर्तव्य है।
मैं काम किया; और देखा,
कर्तव्य आनंद है।

और इसके ज़रिए, हम उस दिशा की ओर इशारा कर रहे हैं जिस ओर हम आगे चर्चा करेंगे।

तो, ज़िंदगी किसी न किसी तरह से एक कर्तव्य ही है, एक बड़ा भारी कर्तव्य है। और निश्चित ही ज़िंदगी में आनंद भी है लेकिन इसका पीछा नहीं किया जा सकता, आनंद के रूप में इसकी इच्छा नहीं की जा सकती। इसके बजाय यह अपने आप पैदा होता है और, वास्तव में अपने आप ही यह पैदा होता है, जिस तरह से कि कोई परिणाम सामने आता

है : प्रसन्नता कोई लक्ष्य नहीं होनी चाहिए, ना होना ज़रूरी है और ना कभी हो सकती है, बल्कि यह तो एक परिणाम है; उस पूर्ति का परिणाम है जिसे टैगोर की कविता में कर्तव्य कहा गया है और जिसे हम ज़्यादा निकटता से आगे परिभाषित करेंगे। किसी भी मामले में, प्रसन्नता पाने की चाह रखने वाले सभी मनुष्य इस अर्थ में असफल होते ही हैं कि अच्छा भाग्य खोजने से नहीं मिलता, वह केवल उसकी गोद में अपने आप गिर सकता है। कीर्केगार्ड ने यह बहुत समझदारी वाला कथन कहा था कि खुशियों का दरवाज़ा हमेशा बाहर की ओर खुलता है, जिसका मतलब है कि जो व्यक्ति दरवाज़े को 'अंदर की तरफ़' खींचने की कोशिश करता है, उसके लिए यह बिलकुल बंद हो जाता है, ऐसा कहना चाहिए।

एक बार मेरे ठीक सामने, दुनिया से विरक्त दो लोग बैठे थे; संयोग कहिए कि उनमें से एक पुरुष था और दूसरी महिला थी। दोनों ने शब्द-दर-शब्द पूरी सहमति से कहा कि उनका जीवन निरर्थक है, अब 'उन्हें ज़िंदगी से कुछ भी अपेक्षा नहीं है।' कुछ हद तक दोनों की बात सही लग रही थी। हालाँकि, जल्द ही यह बात सामने आई कि इसके विपरीत, कुछ उन दोनों का इंतज़ार कर रहा था : पुरुष के लिए, कोई अधूरा रह गया वैज्ञानिक कार्य, और महिला के लिए, एक बच्चा जो विदेश में बहुत दूर, पहुँच से बाहर रह रहा था। इस जगह पर, जैसा कि हम कांट की तरह कह सकते हैं कि कोपर्निकन क्रांति करने के लिए, 180 अंश का वैचारिक मोड़ लेने के लिए यह मददगार होगा, जिसके बाद यह सवाल नहीं रह जाता : *'मैं जीवन से क्या अपेक्षा कर सकता हूँ?'* बल्कि अब केवल यही हो सकता है : *जीवन मुझसे क्या अपेक्षा करता है?* जीवन में कौन-सा कार्य मेरी प्रतीक्षा कर रहा है?

अब हम अंतिम विश्लेषण में समझ सकते हैं कि जीवन के अर्थ का प्रश्न सही तरह से नहीं पूछा जाता। यह आमतौर पर इस तरह से पूछा जाता है : हमें ज़िंदगी का अर्थ पूछने की अनुमति नहीं है, ज़िंदगी ही प्रश्न करती है, प्रश्नों को हमारी तरफ़ मोड़ देती है; हम वो हैं जिनसे प्रश्न किए जाते हैं, हमें ज़िंदगी के लगातार, हर घंटे पूछे जाने वाले 'ज़िंदगी के अनिवार्य प्रश्नों' के उत्तर देने होते हैं। जीते रहने का मतलब ही अपने आप में प्रश्नों का सामना करना होता है; हमारे मौजूद होने का सारा कार्य

ज़िंदगी को जवाब देने - ज़िंदगी के प्रति जवाबदेह होने से ज़्यादा और कुछ नहीं है। इस मानसिक दृष्टिकोण से हमें कोई चीज़ अब नहीं डरा सकती, ना भविष्य, ना निरर्थकता का मिथ्या बोध। चूँकि अब वर्तमान ही सबकुछ है, क्योंकि इसमें ज़िंदगी का शाश्वत नया प्रश्न हमारे लिए है। अब सबकुछ इस पर निर्भर करता है कि हमसे क्या अपेक्षा की जाती है। भविष्य में क्या हमारा इंतज़ार कर रहा है, उसे जानने की अब कोई ज़रूरत नहीं है क्योंकि हम उसे जान सकते हैं। इस संबंध में, मैं अक्सर यह कहानी कहता हूँ जो एक छोटे-से समाचार पत्र में कई साल पहले लेख रूप में छपी थी। आजीवन क़ैद की सज़ा पाए एक अश्वेत व्यक्ति को डेविल्स आईलैंड भेजा गया। जब जहाज *लिवाइअथन* बीच समुद्र में था, तभी उसमें आग लग गई। आपदा की इस स्थिति के कारण क़ैदी की जंज़ीरें खोलकर उसे रिहा कर दिया गया और उसने बचाव कार्य में हिस्सा लिया। उसने दस लोगों की जानें बचाईं। नतीजतन, बाद में उसे माफ़ कर दिया गया। मैं आपसे पूछता हूँ : अगर किसी ने मार्सिले में बंदरगाह पर जहाज में सवार होने से पहले किसी ने उस आदमी से पूछा होता कि क्या अब ज़िंदगी जीते रहने का तुम्हारे लिए कोई मतलब रह गया है, तो वह सिर हिलाकर जवाब देता : अब वहाँ मेरा क्या इंतज़ार कर रहा होगा? हालाँकि, हम में से कोई नहीं जानता कि हमारे लिए क्या इंतज़ार कर रहा है, कोई बड़ा पल, असाधारण काम करने का कोई अनोखा मौक़ा, जैसे कि *लिवाइअथन* में सवार उस अश्वेत आदमी को दस लोगों की जानें बचाने का मौक़ा मिला।

ज़िंदगी हमसे जो प्रश्न करती है, और जिसका उत्तर देने में हम मौजूदा पल का अर्थ महसूस करते हैं, वह प्रश्न ना केवल हर घंटे बदलता रहता है, बल्कि हर व्यक्ति के लिए भी वह बदल जाता है : वह प्रश्न हर व्यक्ति के लिए हर पल एकदम अलग होता है।

इसलिए, हम देख सकते हैं कि जीवन के अर्थ के प्रश्न को जब तक पूरी विशिष्टता के साथ, यहाँ और अभी की संक्षिप्तता में प्रस्तुत नहीं किया जाता है, तब तक उसे कैसे सरलता से प्रस्तुत किया जाता है। इस तरह 'जीवन के अर्थ' के बारे में पूछना हमारे लिए उतना ही सादगी भरा लगता है जितना कि एक पत्रकार का विश्व शतरंज चैंपियन का साक्षात्कार

करना और यह पूछना, 'और अब, मास्टर, कृपया मुझे बताएँ : आपको क्या लगता है कि शतरंज की कौन-सी चाल सबसे अच्छी है?' क्या कोई ऐसी चाल, कोई विशेष चाल है, जो बहुत विशिष्ट, ठोस खेल की स्थिति से परे, टुकड़ों के एक विशेष विन्यास से परे अच्छी, या फिर सबसे अच्छी भी हो सकती है?

ऐसा ही भोला-भाला एक युवक मुझे कई साल पहले मिला था। तब मैं कहीं किसी छोटे-से सेमिनार में बोलने जा रहा था। मोटे तौर पर उसके शब्द इस प्रकार थे : 'फ्रैंकल, मुझसे नाराज़ मत होना। मुझे आज रात मेरे भावी ससुराल वालों ने बुलाया है, और इसलिए मैं आज आपका भाषण सुनने के लिए नहीं रुक पाऊँगा; इतनी कृपा कीजिए और जल्दी से मुझे बता दीजिए कि ज़िंदगी का अर्थ है क्या?'

अब हमारा इंतज़ार जो भी कर रहा हो, समय की इस विशिष्ट चुनौती को एक अलग भाव में उत्तर की माँग करनी चाहिए। सबसे पहले, हमारा उत्तर सक्रिय उत्तर हो सकता है, कार्य के ज़रिए दिया जाने वाला उत्तर हो सकता है, ऐसे किसी कार्य के ज़रिए जीवन के विशिष्ट प्रश्न का उत्तर देने वाला हो सकता है जिसे हमने पूरा किया हो, या जिसका हमने सृजन किया हो। हालाँकि, यहाँ भी, हमें बहुत सारी चीज़ें ध्यान में रखनी चाहिए। और मेरा जो आशय है वह शायद एक विशिष्ट अनुभव के बारे में बताने से सर्वश्रेष्ठ तरीक़े से व्यक्त किया जा सकता है : एक दिन एक नौजवान मेरे सामने बैठा था जिसने हाल ही में जीवन के अर्थ या निरर्थकता के प्रश्न का सामना किया ही था। उसका तर्क निम्नुसार था :

'आपके लिए बोलना आसान होता है, आपने परामर्श केंद्र खोले हैं, आप लोगों की सहायता करते हैं, आप लोगों को मज़बूत करते हैं; लेकिन मैं; मैं कौन हूँ, मैं क्या हूँ; एक दर्जी का असिस्टेंट। मैं क्या कर सकता हूँ, मैं अपने कार्यों के ज़रिए अपनी ज़िंदगी को अर्थ कैसे दूँ?' यह व्यक्ति भूल गया था कि यह मसला कभी रहा ही नहीं कि व्यक्ति अपनी ज़िंदगी में कहाँ पर है, या उसका पेशा क्या है, मायने तो केवल यह रखता है कि वह किस तरह से ज़िंदगी के अपने दायरे पर क़ब्ज़ा करता है और अपना स्थान भरता है। जीवन की पूर्णता इस बात पर निर्भर नहीं करती

कि व्यक्ति के काम का दायरा कितना बड़ा है, बल्कि इस पर निर्भर करता है कि उसने उस दायरे को पूरा भरा है या नहीं।

ज़िंदगी के विशिष्ट पर्यावरण में हर एक व्यक्ति अद्वितीय और अनुकरणीय होता है, और यह हर किसी के लिए सत्य है। जिन कामों को ज़िंदगी ने सौंपा है वे केवल उसके लिए हैं और केवल उसे ही वो पूरे करने हैं। और जिस व्यक्ति ने अपने (अपेक्षाकृत) व्यापक जीवन दायरे को पूरी तरह से नहीं भरा, वह उस व्यक्ति की तुलना में ज़्यादा अपूर्ण रह जाता है जिसने की सच्चे अर्थों में अपने ज़्यादा छोटे दायरे में ही सही, अपने काम पूरे किए हैं। अपने विशिष्ट वातावरण में दर्जी का यह असिस्टेंट ज़्यादा हासिल कर सकता है, और जो काम वह करता है, और जो काम वह बिना किए छोड़ देता है, वो उसके जीवन को उस व्यक्ति के जीवन की तुलना में ज़्यादा सार्थक बना सकते हैं जो इस असिस्टेंट से ईर्ष्या करता है, और जो ज़िंदगी की अपनी व्यापक ज़िम्मेदारियों से अवगत नहीं है और उनके प्रति न्याय नहीं करता।

'तो, *बेरोज़गार के बारे में क्या,*' अब आप आपत्ति कर सकते हैं, इस तथ्य की अनदेखी कर सकते हैं कि काम ही वह क्षेत्र नहीं है जिसमें हम सक्रियतापूर्वक अपने जीवन का अर्थ दे सकते हैं। क्या केवल काम ही ज़िंदगी को सार्थक बनाता है? आइए कई लोगों से पूछते हैं जो हमसे (बिना कारण नहीं) शिकायत करते हैं कि उनका काम (अक्सर यांत्रिक) कितना अर्थहीन है, जिसमें संख्याओं के स्तंभों को अंतहीन तरीक़े से जोड़ते जाना होता है या नीरस तरीक़े से मशीनों के लीवर खींचना या धकेलना और कभी नहीं ख़त्म होने वाला उत्पादन करते जाना होता है। ये लोग अपने जीवन को केवल अपने पास के बहुत कम ख़ाली समय में ही सार्थक बना सकते हैं, इसे व्यक्तिगत मानवीय अर्थ से भर सकते हैं। दूसरी ओर, बेरोज़गार व्यक्ति, जिसके पास ढेर सारा ख़ाली समय होता है, उसको भी अपने जीवन को अर्थ देने का मौक़ा मिलता है। किसी को भी यह नहीं मानना चाहिए कि हम आर्थिक कठिनाइयों, आर्थिक रूप से निराशाजनक स्थिति, या वास्तव में, ऐसे संदर्भों में सामाजिक या आर्थिक कारकों को कम आँकने के हिसाब से बहुत तुच्छ हैं। हम आज पहले से कहीं अधिक जानते

हैं, 'पहले परिश्रम, फिर नैतिकता'[ii] हमें कितनी दूर ले जा सकते हैं। हमें इसके बारे में अब कोई भ्रम नहीं है। हालाँकि, हम जानते हैं कि बिना किसी नैतिकता के किसी को कोसते जाना कितना अर्थहीन है और यह अर्थहीनता उस व्यक्ति के लिए कितनी विनाशकारी हो सकती है जो केवल उपभोग करने में लगा हो। और अंत में, हम जानते हैं कि 'नैतिकता' का कितना अर्थ है : जीवन के अर्थ में बिना शर्त अडिग विश्वास जो एक तरह से या दूसरे तरह से जीवन को सहनीय बना देता है। चूँकि हम इस वास्तविकता का अनुभव कर चुके हैं कि मनुष्य भूखे मरने को भी तैयार हो जाता है, बशर्ते उसके पीछे भी कोई मक़सद या मतलब हो।

हालाँकि, हमने देखा है कि बिना 'नैतिकता' के भूखे रहना कितना मुश्किल होता है, और यह भी देखा है कि अगर कोई खुद को भूखा रख रहा हो तो उससे 'नैतिकता' की माँग करना कितना कठिन होता है। एक बार मुझे अदालत में एक लड़के के बारे में मनोचिकित्सकीय रिपोर्ट देनी थी जिसने बेहद बेसब्री की स्थिति में ब्रेड का एक टुकड़ा चुरा लिया था; संबंधित अदालत ने केवल यह पूछा था कि यह बच्चा 'कमतर' है या नहीं। अपनी रिपोर्ट में मुझे मनोचिकित्सकीय नज़रिए से यह स्वीकार करना पड़ा कि उसे किसी भी तरह से कमतर नहीं माना जा सकता। हालाँकि, इसके साथ ही मैंने यह भी ज़रूर समझाया कि अपनी विशिष्ट स्थिति में उसे ऐसी विकट भूख को रोककर 'श्रेष्ठ' बनना चाहिए था!

हम ना केवल अपने कार्यों के ज़रिए जीवन को अर्थ दे सकते हैं; जिसमें हम जीवन के विशिष्ट प्रश्नों का ज़िम्मेदारी से जवाब दे सकते हैं; सुंदर, महान, बेहतर के प्रति अपने स्नेहिल समर्पण में, हम ना केवल सक्रिय कारकों के ज़रिए अस्तित्व की माँग पूरी कर सकते हैं, बल्कि, स्नेहिल इंसानों के ज़रिए भी कर सकते हैं। क्या मुझे कुछ साधारण वाक्यांशों के ज़रिए शायद यह समझाने की कोशिश करनी चाहिए कि अनुभवजन्य सौंदर्य कैसे और क्यों जीवन को सार्थक बना सकता है? मैं निम्न विचार प्रयोग तक अपने को सीमित करना पसंद करूँगा : कल्पना कीजिए कि आप किसी कन्सर्ट हॉल में बैठे हैं और अपनी मनपसंद धुन

---

ii. बर्तोल्त ब्रेख़्त (सह लेखक कर्ट वील), द *थ्रीपेनी ऑपेरा,* 1928.

सुन रहे हैं और आपकी मनपसंद धुन की तरंगें आपके कानों में गूँज रही हैं और आप उस संगीत से इतने प्रभावित हैं कि यह आपकी रीढ़ की हड्डी में सिरहन पैदा हो रही है; और अब कल्पना कीजिए कि उसी पल में किसी के लिए आपसे यह पूछना संभव होगा (कुछ ऐसा जो मनोवैज्ञानिक रूप से नामुमकिन है) कि ज़िंदगी का मतलब आपके लिए क्या है। मुझे विश्वास है कि आप सहमत होंगे कि इस मामले में अगर मैं घोषित कर दूँ तो आप मुझे एक उत्तर देने में सक्षम होंगे और यह यह कुछ इस तरह से होगा : 'यह इस पल को अकेले जीने लायक़ होगा!'

कला ही नहीं, बल्कि प्रकृति का भी अनुभव करने वाले लोगों की भी इसी तरह की प्रतिक्रिया हो सकती है, और उनकी भी जो किसी अन्य इंसान का अनुभव करते हैं। क्या हम उस भावना को नहीं जानते हैं जो हमारे किसी व्यक्ति विशेष की उपस्थिति में हम पर हावी हो जाती है और मोटे तौर पर इस प्रकार से उसे व्यक्त करते हैं : इस व्यक्ति के दुनिया में बिलकुल मौजूदगी का तथ्य अकेले ही इस दुनिया को बनाता है और इसमें मौजूद जीवन को अर्थपूर्ण बनाता है।

हम ज़िंदगी को मायने अपने कार्यों के ज़रिए देते हैं, साथ ही प्यार और पीड़ा के ज़रिए भी देते हैं। चूँकि मनुष्य अपनी संभावनाओं की सीमा से जिस तरह से निपटते हैं कि यह उनके कार्यों और उनकी प्रेम करने की क्षमता को जिस तरह से प्रभावित करता है, वे इन प्रतिबंधों के तहत जिस तरह से व्यवहार करते हैं – जिस तरह से वे इस तरह के प्रतिबंधों के तहत अपने दुख को स्वीकार करते हैं – इन सब में वे अब भी मानवीय मूल्यों की पूर्ति के लिए सक्षम रहते हैं।

तो, हम जिस तरह से कठिनाइयों से निपटते हैं, वह सही रूप में दिखाता है कि हम क्या हैं, और यह कि इससे हमें अर्थपूर्ण तरह से जीने के क़ाबिल माना जा सकता है। और हमें खेल भावना नहीं भूलना चाहिए जो कि अद्वितीय मानवीय भावना है! एथलीट यही तो करते हैं कि अपने लिए कठिनाइयाँ पैदा करते हैं ताकि वे उनसे उबरकर आगे बढ़ सकें? सामान्य रूप में, निःसंदेह, इस बात की सलाह नहीं दी जाती कि खुद के लिए कठिनाइयाँ पैदा की जाएँ; सामान्य रूप में, अगर दुर्भाग्य प्रारब्ध के

रूप में आता है तो दुर्भाग्य के नतीजे के रूप में केवल पीड़ा ही अर्थपूर्ण है, और इस प्रकार यह अपरिहार्य और अनिवार्य है।

दूसरे शब्दों में, प्रारब्ध को, जो हमारे साथ होता है, निश्चित ही एक तरह से या दूसरे तरह से आकार दिया जा सकता है। 'ऐसी कोई अवस्था नहीं है जिसे किसी उपलब्धि के द्वारा या धैर्य के द्वारा बढ़ाया नहीं जा सकता,' गोएथे ने कहा था।[iii] *अगर संभव हो तो हम अपना भाग्य बदलते हैं, या अगर ज़रूरी है तो हम इसे स्वीकार करने को सहर्ष तैयार होते हैं।* किसी भी मामले में, हम और किसी से नहीं, बल्कि दुर्भाग्य के ज़रिए आंतरिक वृद्धि का अनुभव कर सकते हैं। और अब हम वह भी समझते हैं कि हॉल्डरलिन[iv] का यह लिखते समय जो आशय था : 'अगर मैं अपने दुर्भाग्य पर क़दम रखता हूँ, तो मैं ज़्यादा ऊँचा खड़ा हो जाता हूँ।'

हमें अब यह बात कितनी दिग्भ्रमित लगती है जब लोग सहज रूप में अपने दुर्भाग्य की शिकायत करते हैं या भाग्य की आलोचना करते हैं। हमारे भाग्य के बिना हम में से हरेक का क्या बनेगा? भाग्य के हथौड़े की चोट सहते हुए और पीड़ाओं की तेज़ गर्मी सहते हुए हमारा अस्तित्व जो है, उसकी तुलना में बिना भाग्य के हमारा अस्तित्व क्या आकार लेगा और इसका क्या स्वरूप होगा? वो लोग जो अपने भाग्य के ख़िलाफ़ विद्रोह करते हैं; जो ऐसी परिस्थितियाँ हैं जिन पर उनका क़ाबू नहीं है और निश्चित ही लोग उन्हें बदल नहीं सकते हैं। उन्होंने भाग्य के अर्थ को समझा नहीं है। भाग्य सचमुच हमारी ज़िंदगियों की समग्रता में एकीकृत है; और जो नियत है, उसका सबसे छोटा हिस्सा भी इसको समग्र रूप में, हमारे अस्तित्व की संरचना को नष्ट किए बिना, इससे अलग नहीं किया जा सकता।

तो, भाग्य हमारे जीवन का हिस्सा है और इसी तरह से दुख भी जीवन का हिस्सा है। इसलिए जीवन का अर्थ है तो दुख का भी अर्थ है। नतीजतन, जब तक यह आवश्यक और अपरिहार्य है, तब तक दुख में भी सार्थक होने की संभावना होती है। यह वास्तव में सार्वभौमिक रूप से

---

iii. योहान वॉल्फ़गैंग फ़ॉन गोएथे (1749-1832), जर्मन लेखक, वैज्ञानिक और नेता।

iv. फ़्रेडरिक हॉल्डरलिन (1770-1843), जर्मन रोमांसवादी कवि और दार्शनिक।

मान्यता प्राप्त है और इस तरह इसकी सराहना की जाती है। कई साल पहले, यह ख़बर हमारे पास पहुँची थी कि अंग्रेज़ी स्काउट्स संगठन ने तीन लड़कों को उनकी सबसे बड़ी उपलब्धियों के लिए पुरस्कार दिया था; और इन पुरस्कारों को किसने प्राप्त किया था? तीन लड़के जो अस्पताल में अंतिम रूप से बीमार थे और जिन्होंने फिर भी बहादुरी और सम्मान के साथ अपने कठिन भाग्य का सामना किया था। यह इस बात की स्पष्ट स्वीकृति थी कि किसी प्रामाणिक भाग्य की सच्ची पीड़ा एक उपलब्धि है, और वास्तव में सर्वोच्च संभव उपलब्धि है। गोएथे के पीछे उद्धृत वाक्य में दिया गया विकल्प ठीक से परखे जाने पर इसी कारण से पूरा सत्य नहीं है : अंतिम विश्लेषण में यह उपलब्धि या सहनशीलता का प्रश्न नहीं है, बजाय इसके, कुछ मामलों में सहनशीलता तो अपने आप में ही महानतम उपलब्धि है।

मेरी राय में उपलब्धि के मूल सार सच्ची पीड़ा को शायद सबसे स्पष्टता के साथ रिल्के[v] ने व्यक्त किया था, जिन्होंने एक बार चीख़कर कहा था : 'हमें कितनी तकलीफ़ से गुज़रना होगा!' जर्मन भाषा में तो केवल अच्छी तरह से प्रयोग करने के लिए शब्द है, लेकिन रिल्के ने इस बात को समझा कि ज़िंदगी की हमारी अर्थपूर्ण उपलब्धियाँ कम से कम पीड़ा में और काम करने में भी पूरी की जा सकती हैं।

एक तरह से या अन्य तरह से, एक समय में केवल एक विकल्प हो सकता है जो ज़िंदगी को अर्थ दे, क्षण को अर्थ दे; ताकि किसी भी समय हमें जवाब देने के तरीक़े के बारे में एक निर्णय करने की ही ज़रूरत होती है, लेकिन हर समय, ज़िंदगी एक बहुत विशिष्ट प्रश्न हमसे पूछा करती है। इस सबसे यही बात निकलती है कि ज़िंदगी हमें हमेशा अर्थ पूरा करने के लिए संभावना प्रस्तुत करती है ताकि इस बात का हमेशा विकल्प रहे कि इसका कोई अर्थ है। कोई यह भी कह सकता है कि हमारा इंसानी अस्तित्व 'बिलकुल आख़िरी साँस' तक अर्थपूर्ण बनाया जा सकता है; जब तक हम साँस लेते हैं, जब तक हम चैतन्य हैं, हम सब ज़िंदगी के प्रश्नों के लिए जवाबदेह रहते हैं। जब हम इंसान होने के महान बुनियादी तथ्य

v. राइनर मारिया रिल्के (1875-1926), ऑस्ट्रियाई-बोहेमियाई कवि।

को याद करते हैं तो हमें इस पर हैरत नहीं होनी चाहिए; इंसान होना चैतन्य होने और जवाबदेह होने के सिवा और कुछ नहीं है!

हालाँकि, अगर ज़िंदगी हमेशा संभावनाओं के अनुरूप अर्थ रखती है, अगर यह इसी पर निर्भर करती है कि इस संभव, सदैव परिवर्तनशील अर्थ से हर पल भरी रहे या नहीं; अगर इस अर्थ को साकार करना पूरी तरह से हमारी जवाबदेही और हमारा ही निर्णय है, तब हम भी यह चीज़ निश्चित रूप से जानते हैं : एक ऐसी चीज़ जो निश्चित ही अर्थहीन है और उसका बिलकुल कुछ भी अर्थ नहीं है; और वह है अपनी ज़िंदगी को ठुकरा देना। आत्महत्या किसी भी प्रश्न का कोई जवाब नहीं है; आत्महत्या किसी भी समस्या का समाधान करने में सक्षम नहीं होती है।

पहले तो हमें मानव के अस्तित्व की स्थिति का रूपक समझाने के लिए शतरंज के खेल का इस्तेमाल करने की ज़रूरत होती थी, क्योंकि उसे हमेशा ज़िंदगी के प्रश्नों का सामना करना पड़ता है; 'शतरंज की सर्वश्रेष्ठ चाल' के अपने उदाहरण के ज़रिए, हम दिखाना चाहते थे कि किस तरह से ज़िंदगी का प्रश्न ठोस और विशिष्ट के रूप में सोचा जा सकता है : किसी एकल प्रश्न के बारे में जो किसी एक व्यक्ति और एक स्थिति से, किसी ख़ास व्यक्ति और किसी ख़ास क्षण से संबंधित होता है; वर्तमान में एक ही प्रश्न के बारे में। इसलिए, एक बार फिर, हम शतरंज के खेल का ही रूपक लेते हैं। अभी हमें यह दिखाने की ज़रूरत है कि आत्महत्या करके ज़िंदगी की समस्या का 'समाधान' करने की कोशिश किस तरह से एकदम बेढंगी बात है।

एक पल के लिए कल्पना कीजिए : कोई शतरंज खिलाड़ी खेल में किसी समस्या का सामना करता है जिसका वह समाधान नहीं तलाश पाता, तो वह क्या करता है? वह शतरंज की गोटियाँ बोर्ड से फेंक देता है। क्या शतरंज की समस्या का यह कोई समाधान है? निश्चित ही नहीं है।

हालाँकि, आत्महत्या में ठीक यही होता है : व्यक्ति अपनी ज़िंदगी को ठुकरा देता है और सोचता है कि वह ज़िंदगी की असाध्य लगने वाली समस्या का इसके ज़रिए समाधान पा चुका है। वह नहीं जानता है कि ऐसा करके उसने ज़िंदगी के नियमों का अनादर किया है; जैसा कि हमारे रूपक के शतरंज खिलाड़ी ने शतरंज के खेल के नियमों की अवहेलना

की थी, जिसमें वह शतरंज का सेनापति, ऊँट या ना जाने कौन-सी गोटी बढ़ाकर या कोई आसान चाल चलकर उसका समाधान खोज सकता था, लेकिन जिस तरह का व्यवहार उसने किया, उससे तो कुछ नहीं हो सकता। अब, *आत्महत्या भी जीवन के खेल के नियमों की अवहेलना करती है। इन नियमों में हमें हर हाल में जीतना ज़रूरी नहीं होता, लेकिन हमसे इतनी अपेक्षा ज़रूर होती है कि हम मैदान छोड़कर कभी नहीं भागेंगे।*

शायद अब कोई आपत्ति करेगा, लोग स्वीकार करते हैं कि 'आत्महत्या का व्यवहार सभी कारणों के ख़िलाफ़ जाता तो है; लेकिन क्या ज़िंदगी भी मौत के सामने अर्थहीन नहीं बन जाती है क्योंकि मौत तो आख़िरकार हर इंसान की होनी ही है। क्या मौत हमारी हर शुरुआत को आरंभ से ही निरर्थक नहीं बना देती है, क्योंकि बचा कुछ भी नहीं रहता?' अब इस प्रश्न को दूसरी तरह से पूछकर इस आपत्ति का जवाब तलाशने की कोशिश करते हैं; हम अपने आप से पूछते हैं, 'अगर हम अमर होते तो क्या होता?' और हम उत्तर दे सकते हैं : अगर हम अमर होते तो हम हर चीज़ को स्थगित कर सकते थे, सचमुच हर चीज़ को स्थगित कर सकते थे। चूँकि यह कभी मायने नहीं रखता कि हमने कोई ख़ास काम अभी किया है, या कल किया है, या परसों किया है, या एक साल में किया है, या दस सालों में किया है, या कभी भी किया है। हमारे ऊपर किसी मृत्यु या किसी अंत का साया नहीं होगा, हमारी संभावनाओं की कोई सीमा नहीं होगी, हमें कोई विशेष कार्य करने का अभी कोई कारण नहीं दिखाई देगा या हम अभी एक अनुभव के लिए आत्मसमर्पण कर देंगे - समय होगा, हमारे पास समय होगा, अनंत समय होगा।

इसके विपरीत, तथ्य, और एकमात्र तथ्य, कि हम नश्वर हैं, कि हमारा जीवन सीमित है, कि हमारा समय सीमित है और हमारी संभावनाएँ सीमित हैं, कुछ करने, किसी संभावना का लाभ उठाने और इसे वास्तविकता बनाने के लिए, इसे पूरा करने के लिए, अपने समय का इस्तेमाल करने के लिए और उस पर अधिकार करने के लिए यही तथ्य सार्थक बनाता है। मौत हमें ऐसा करने की मजबूरी देती है। इसलिए, मौत उस पृष्ठभूमि का निर्माण करती है जिसमें हमारे होने का काम एक ज़िम्मेदारी बन जाता है।

अगर हम चीज़ों को इस तरह से देखें, तो अनिवार्य रूप से यह हमारे लिए काफ़ी अप्रासंगिक साबित हो सकता है कि इंसानी ज़िंदगी कितने समय तक चलती है। इसकी लंबी अवधि स्वतः ही इसे सार्थक नहीं बना देती और इसकी संभावित संक्षिप्तता इसे अर्थहीन से दूर कर देती है। हम किसी व्यक्ति विशेष के जीवन के इतिहास को उसे चित्रित करने वाली पुस्तक के पृष्ठों की संख्या से नहीं बल्कि उसमें निहित सामग्री की समृद्धि मात्र से आँकते हैं।

और, इस मौक़े पर हमें एक अन्य प्रश्न का उत्तर खोजना चाहिए : क्या किसी व्यक्ति का जीवन केवल इसलिए ही अर्थहीन हो जाता है कि उसने कोई संतान पैदा नहीं की है। हम इसका उत्तर इस प्रकार दे सकते हैं : यदि ज़िंदगी में प्रजनन नहीं किया जाता, अगर वह इस 'जैविक अमरता' सबमें शामिल नहीं होती है, जिसे हम बेहद अवास्तविक कह सकते हैं तब या तो किसी जीवन, व्यक्तिगत जीवन का अर्थ है, और इसे अपना अर्थ रखना भी चाहिए; अथवा इस व्यक्तिगत जीवन, व्यक्ति के जीवन का कोई अर्थ नहीं है - तो यह केवल प्रजनन द्वारा स्वयं को 'अमर' करने की कोशिश करके कभी भी अर्थ हासिल नहीं कर सकता है। क्योंकि किसी सहज रूप में 'अर्थहीन' चीज़ को अमर करना अपने आप में अर्थहीन है।

इससे हम केवल एक चीज़ देख सकते हैं : मौत, ज़िंदगी का अर्थपूर्ण हिस्सा है, ठीक इंसानी तकलीफ़ की तरह। दोनों ही अर्थपूर्ण इंसानों के अस्तित्व को नहीं छीनते, बल्कि सबसे पहले इसे ही अर्थपूर्ण बनाते हैं। इस प्रकार, यही इस जगत में हमारे अस्तित्व की अद्वितीयता है, हमारे जीवन काल की पुनरोत्पादकता से रहित है, और हर उस चीज़ की अचलता है जिसमें हम भरते हैं या भरने में असफल रहते हैं; जो हमारे अस्तित्व को महत्त्वपूर्ण बनाता है। हालाँकि समग्र रूप में कोई व्यक्तिगत जीवन ही नहीं है जो इसे महत्त्व देता है, उस हर दिन, हर घंटा, हर पल की अद्वितीयता से भी यही होता है जो किसी ऐसी चीज़ का प्रतिनिधित्व करता है जो हमारे अस्तित्व को भयंकर किंतु बहुत सुंदर जवाबदेही से भर देता है! हर वो घंटा हमसे जो अपेक्षा करता है, उसे अगर हम पूरा नहीं करते हैं, या अधूरे मन से पूरा करते हैं तो वह घंटा ज़ब्त हो जाता है,

'सारी निरंतरता के लिए' ज़ब्त हो जाता है। इसके विपरीत, इस पल को ज़ब्त करके हम जो हासिल करते हैं, वह हमेशा के लिए, वास्तविकता में बचा लिया जाता है, ऐसी वास्तविकता में बचा लिया जाता है जिसमें यह अतीत बनकर स्पष्ट रूप से निरस्त हो जाता है। असल में इसे सुरक्षित रखने के अर्थ में, वास्तविक रूप से संरक्षित कर लिया गया है। इस अर्थ में होने का मतलब शायद सबसे सुरक्षित रूप में होना है। जिस 'अस्तित्व' या वास्तविकता को हमने इस तरह से संरक्षित किया है उसे नश्वरता से आगे कोई क्षति नहीं हो सकती है।

निश्चित रूप से जैविक और भौतिक संदर्भ में, हमारा जीवन क्षणभंगुर प्रकृति का है। इसमें से कुछ भी नहीं बचता - और फिर भी कितना बच जाता है! इसमें से जो बचता है, हमारा जो बचा रहेगा, जो हमारे बाद भी बचा रह सकता है, वो वही है जो हमने अपने अस्तित्व के दौरान हासिल किया है, जो प्रभाव को जारी रखता है, हमें पार करता है और हमसे आगे बढ़ता है। हमारे जीवन की प्रभावशीलता निराकार हो जाती है और इस तरह से यह रेडियम जैसा दिखने लगता है, जिसका भौतिक रूप भी अपने 'जीवनकाल' (और रेडियोधर्मी सामग्री को सीमित जीवनकाल के लिए जाना जाता है) के दौरान तेज़ी से विकिरण ऊर्जा में परिवर्तित हो जाता है, भौतिकता में कभी वापस नहीं आता। जब हमारे अस्तित्व को बहुत समय बीत चुका होगा तब हमारे अस्तित्व से निकलने वाला 'विकिरण' हमारे अस्तित्व से निकलने वाली 'तरंगें' ही हमारे पास रहेंगी।

एक आसान तरीक़ा है, एक तरह से इसे चाल कहा जा सकता है, उस ज़िम्मेदारी की पूरी सीमा को प्रदर्शित करने का एक आसान तरीक़ा है, जिससे हमारा अस्तित्व इतने मार्मिक रूप से भरा हुआ है, जिस ज़िम्मेदारी का हम केवल काँपते हुए, लेकिन अंततः किसी न किसी तरह से खुशी से सामना कर सकते हैं। एक प्रकार की स्पष्ट अनिवार्यता है जो 'मानकर चलने' का एक सूत्र भी है, और औपचारिक रूप से कांट के प्रसिद्ध कथन के समान है; वह इस प्रकार है : *'ऐसे जियो जैसे कि तुम दूसरी बार जी रहे हो और जैसे कि तुमने पहली बार ग़लत तरीक़े से काम किया था जैसे कि तुम अब करने वाले हो!'*

भले ही मृत्यु दूर के भविष्य में हो लेकिन स्पष्ट तौर पर मृत्यु के सामने, आख़िरकार हमारे अस्तित्व की अनिवार्य रूप से सीमित प्रकृति ही एकमात्र वह चीज़ नहीं है जो हमारे अस्तित्व को अर्थपूर्ण बनाती है : किसी अन्य व्यक्ति के साथ हमारे संबंधों की सीमित प्रकृति भी हर व्यक्ति के जीवन को अर्थहीन नहीं, बल्कि अर्थपूर्ण बनाती है। इसका मतलब जो है, वह हमारी अपूर्णता, हमारी आंतरिक सीमाओं का तथ्य है, जैसा कि इन्हें मनुष्य की तमाम विशेषताओं में देखा जा सकता है। हालाँकि इससे पहले कि हम अपनी अपूर्णता की सार्थकता के बारे में सोचें, फिलहाल तो हमें यह पूछना चाहिए कि क्या अपनी अपूर्णता और अपर्याप्तता पर मनुष्य की निराशा कभी भी उचित रूप से मौजूद हो सकती है। चूँकि हमारा यह पूछना बनता है कि जो लोग अपने 'अस्तित्व' को 'क्या होना चाहिए' के अनुसार मापते हैं, जो इस तरह खुद को एक आदर्श के अनुसार मापते हैं, क्या वे कभी पूरी तरह से बेकार हो सकते हैं। क्या ऐसा मामला नहीं है कि वास्तव में यह तथ्य किसी न किसी तरह उन्हें सही साबित करता है और अंततः, कुछ हद तक वैधता की उनकी निराशा से वंचित करता है कि वे खुद से निराश हो सकते हैं? यदि वे इतने निकम्मे थे कि वे आदर्श को भी नहीं देख पा रहे थे तो क्या ऐसे लोग अपने आप के बारे में निर्णय करने के लिए भी बैठ सकते थे? क्या उनकी आदर्श से दूरी इस बात की पुष्टि नहीं करती है कि वे इस आदर्श के प्रति पूरी तरह से द्रोही नहीं हो गए हैं?

और अब हमारी अपूर्णताओं और हमारे विशिष्ट असंतुलन के अर्थ का प्रश्नः हमें यह नहीं भूलना चाहिए कि हर व्यक्ति अपूर्ण है, लेकिन हर कोई अलग तरीक़े से 'अपने खुद के तरीक़े से' अलग है। और जैसा अपूर्ण वह है, वह अद्वितीय रूप से अपूर्ण है। इसलिए, सकारात्मक रूप से बताया जाए तो वह किसी न किसी तरह से अविस्थापनीय है, उसका प्रतिनिधित्व कोई और नहीं कर सकता, वह अविनिमेय है। इसे दर्शाने के लिए हमारे पास जैविक जगत का एक उचित मॉडल है : मूल रूप से, जीवधारियों के विकास में, कोशिकाएँ सब कुछ करने के क़ाबिल मानी जाती हैं। कोई 'प्राथमिक' कोशिका कुछ भी कर सकती है : यह भोजन करा सकती है, गति कर सकती है, प्रजनन कर सकती है और किसी

न किसी तरह से वह अपने पर्यावरण को भाँप सकती है, तथा प्रत्येक कोशिका जैविक कोशिका समूहों के उच्चतर रूप में कोशिकाओं के विकास की धीमी प्रक्रिया में माहिर हो जाती है, ताकि हर कोशिका आख़िरकार केवल एक ही काम में इस्तेमाल होती है। समूची संरचना के अंदर श्रम के प्रगतिशील विभाजन के सिद्धांत के अनुसार, अपनी क्षमताओं की आमतौर पर लागू होने वाली प्रकृति की क़ीमत पर, कोशिका ने सापेक्ष कार्यात्मक अपरिवर्तनीयता हासिल कर ली है। उदाहरण के लिए, आँख के रेटिना से कोई कोशिका अब भोजन नहीं कर सकती है, ना ही गति कर सकती है और ना ही प्रजनन कर सकती है, लेकिन, देखने का काम असाधारण रूप से बहुत अच्छी तरह से कर सकती है। इसलिए अपने विशिष्ट कार्य में इसकी भूमिका ऐसी हो गई कि इसकी जगह कोई और कोशिका नहीं ले सकती। इसकी जगह अब त्वचा कोशिका, पेशीय कोशिका या युग्मक कोशिका नहीं ले सकती है।

जैसा कि ऊपर चर्चा की जा चुकी है, मौत ज़िंदगी का अर्थ तलाशने में आवश्यक साबित हुई है क्योंकि यह हमारे *अस्तित्व की अद्वितीयता* और इसके साथ ही हमारी ज़िम्मेदारियों का औचित्य साबित करती है। हम अब देख सकते हैं कि मनुष्य की अपूर्णता की प्रकृति जो अब सकारात्मक मान ली गई है, अर्थपूर्ण है क्योंकि; यह *हमारे अनिवार्य आंतरिक अस्तित्व की विशिष्टता* का प्रतिनिधित्व करती है। हालाँकि सकारात्मक मूल्य के रूप में यह अद्वितीयता केवल अपने ऊपर ही आधारित नहीं हो सकती है। पूरे शरीर के लिए एकल कोशिका के कार्यात्मक महत्त्व के अनुरूप, प्रत्येक मनुष्य की अद्वितीय विशिष्टता को मानव समुदाय जैसे अति विशिष्ट समुदाय के साथ इसके संबंधों के ज़रिए इसे महत्त्व दिया जाता है। विशिष्टता तभी मूल्यवान हो सकती है जब अपने लिए नहीं, बल्कि मानव समुदाय की विशिष्टता हो। हर इंसान के पूरी तरह से अनोखे उतार-चढ़ाव को अपनी अँगुलियों पर रखने का आसान तथ्य अधिक से अधिक अपराध विज्ञानियों के लिए ही अपराध अनुसंधान या किसी ख़ास अपराध की विवेचना के लिए ही प्रासंगिक है; लेकिन हर इंसान की यह जैविक 'विशिष्टता' व्यक्ति को अपने आप ही किसी व्यक्तित्व या जीवधारी में नहीं बदल देती, क्योंकि इसकी अद्वितीयता समाज के लिए मूल्यवान होती है।

अगर हमें हर मनुष्य के अस्तित्व और अद्वितीयता की अनोखी प्रकृति को तथा इस अद्वितीयता को अद्वितीयता के 'लिए' एक सूत्र में संक्षिप्त करना होता - दूसरे शब्दों में ऐसी अद्वितीयता का सूत्रीकरण करना होता जो अन्य पर, समुदाय पर केंद्रित हो; ऐसे सूत्र में संक्षिप्त करना हो जो हमें मनुष्यों की ज़िंदगियों की गंभीरता के लिए उनकी भयंकर तथा शानदार ज़िम्मेदारी की याद दिलाता हो, तो हम उस सिद्धांत पर यक़ीन कर सकते हैं जिसे तल्मूड के संस्थापक हिलेल ने लगभग 2,000 साल पहले अपने आदर्श वाक्य में पेश किया था। यह आदर्श वाक्य है : 'अगर मैं नहीं करूँगा, तो और कौन करेगा? हालाँकि अगर मैं इसे केवल अपने लिए ही करूँगा, तब मैं क्या हूँ? और अगर मैं इसे अभी नहीं करता हूँ, तो इसे कब करूँगा?' 'अगर मैं नहीं' - इसमें हर एकल व्यक्ति की अद्वितीयता निहित होती है; 'अगर केवल मेरे लिए,' यह 'काम की' अद्वितीयता नहीं है तो इसमें ऐसी अद्वितीयता की व्यर्थता और अर्थहीनता निहित होती है; 'और अभी नहीं तो,' इसमें हर एकल स्थिति की अद्वितीयता निहित होती है!

अगर, अब उसका संक्षिप्तीकरण करें जो हमने जीवन के अर्थ के बारे में कहा है, तो हमारा निष्कर्ष कुछ इस तरह से होगा : ज़िंदगी का अपने आप में मतलब ही सवाल-जवाब करना है; हर व्यक्ति को अपने खुद के अस्तित्व के लिए जवाबदेह होना चाहिए। ज़िंदगी अब हमें दी हुई नहीं लगती, बल्कि हमारे हवाले की गई लगती है, यह हर क्षण का काम है। इसलिए, इसका मतलब है कि यह जितनी कठिन होती है, उतनी ही अर्थपूर्ण होती जाती है। सक्रिय रूप से चुनौती स्वीकार करने वाले एथलीट या पर्वतारोही भी अपने लिए कठिनाइयाँ ही पैदा करते हैं : जब किसी पर्वतारोही को चट्टानों को पार करते हुए, एक के बाद एक, और 'विविध' कठिनाइयाँ मिलती हैं तब वह कितना प्रसन्न होता है! ऐसे समय, हमें ध्यान देना होता है कि हालाँकि धार्मिक लोग ज़िंदगी के अपने अर्थ में, 'अस्तित्व की अपनी समझ' में, अपने को अलग समझते हैं कि वे उस व्यक्ति की तुलना में एक क़दम आगे चले जाते हैं जो अपनी ज़िंदगी को एक कार्य मात्र मानता है। ऐसे में लोग उस एजेंसी को भी दैवीय अस्तित्व समझते हैं जो उन्हें 'कार्य' देती है या उन्हें कार्य के समक्ष खड़ा कर देती

है! अन्य शब्दों में, धार्मिक लोग अपने जीवन को दैवीय मिशन के रूप में अनुभव करते हैं।

और, अब यह कहकर अपनी बात ख़त्म करता हूँ कि, जीवन के मूल्य के प्रश्न के बारे में हम क्या कहते हैं? जो विचार हमारे सामने प्रस्तुत हुआ है, वह शायद हेबेल के शब्दों में सर्वाधिक उचित रूप से व्यक्त हुआ है जिन्होंने कहा था : 'जीवन कोई चीज़ नहीं है, यह किसी चीज़ के लिए अवसर है!'[vi]

vi. क्रिश्चियन फ़्रेडरिक हेबेल (1813-1863), जर्मन कवि और नाटककार।

जीवन के अर्थ और मूल्य के बारे में : 2

हम अपने पहली चर्चा में जिन निष्कर्षों पर पहुँचने की कोशिश कर रहे थे, वे निम्नानुसार हैं : अगर जीवन का कोई अर्थ है तो दुख का भी कोई अर्थ ज़रूर होगा।

निःसंदेह, रोग भी दुख का हिस्सा होता है। 'हिस्सा' हम इसलिए कहते हैं क्योंकि 'दुख' और 'रोग' एक ही चीज़ नहीं हैं। कोई व्यक्ति बिना बीमार हुए भी दुख से गुज़र सकता है, और बिना दुख झेले भी बीमार पड़ सकता है। दुख विशुद्ध रूप से इंसानी मामला है, जो पहले से ही किसी न किसी रूप में इंसानी ज़िंदगी का हिस्सा इस तरह से है कि कुछ परिस्थितियों में यह बिलकुल यही 'मुसीबत रहित होना' है जो वास्तव में कोई रोग हो सकता है। यह बात हम उन परिस्थितियों के मामलों में ख़ासतौर पर देख सकते हैं जिन्हें आमतौर पर 'मानसिक रोग' कह दिया जाता है और ये मन से संबंधित रोग से कम कुछ होते भी नहीं। अब दिमाग़ तो वास्तव में बीमार हो नहीं सकता, संज्ञानात्मक आयाम ही सही या ग़लत, वैध या अवैध हो सकता है, लेकिन बीमार नहीं हो सकता। जो चीज़ बीमार हो सकती है, रोगी हो सकती है, वह मानसिकता है। हालाँकि, मानसिकता की ऐसी बीमारियों में, और ख़ासतौर पर उन में जो मानसिकता के कारण पैदा नहीं हुई हैं, लेकिन अंततः शारीरिक रूप से ही प्रेरित होती हैं, अन्य शब्दों में कथित मानसिक रोग (मनोवैज्ञानिक रूप से उत्पन्न विक्षिप्तता के विपरीत मनोविकृति) : ऐसे अनेक मामले दर्शाते हैं कि दुखी होने में असमर्थता अपने आप में इसका लक्षण बन जाती है।

सिफ़लिस से संक्रमित हो चुके व्यक्ति को कुछ हद तक, संभावना के एक छोटे प्रतिशत के साथ सालों या दशकों बाद, दिमाग़ की एक परिणामगत सिफ़िलटिक बीमारी का ख़तरा रहता है जिसे 'पागलपन का

सामान्य आघात (जीपीआई)'[vii] कहा जाता है। अगर उसे इसकी जानकारी नहीं है तो उसके मेरुदंड के द्रव की कुछ बार और कुछ अंतराल पर जाँच करके डॉक्टर ठीक से और विश्वसनीय तरीक़े ये बता सकते हैं कि वह इस आशंका वाले समूह में है या नहीं। जानकारी के अभाव में उसे इस मानसिक विकार के होने का डर हो सकता है। (संयोगवश, जिन मामलों में मेरुदंड के द्रव का टेस्ट पॉजिटिव होता है, उनमें मलेरिया के इलाज से इस तरह के पेरालिसिस को रोका जा सकता है और अगर ये पेरालिसिस पहले से हो चुका है तो इस तरह के चरणबद्ध इलाज से उसे ठीक किया जा सकता है)। सामान्य पेरालिसिस की इस आशंका के पेथॉलॉजिकल आयाम भी होते हैं, दूसरे शब्दों में कहें तो यह बढ़कर पेथॉलॉजिकल और न्यूरोटिक भी हो सकता है। हालाँकि हम देखते हैं कि इस तरह का व्यक्ति सचमुच सामान्य पेरालिसिस से ग्रस्त होता है और अगर (पेथॉलॉजी के हिसाब से) बीमारी की आशंका हो तो क्या यह सचमुच हो सकता है? ऐसी स्थिति में वह बीमारी से डरना छोड़ देता है! क्यों? क्योंकि सामान्य पेरालिसिस के लक्षणों में यह भी शामिल होता है कि प्रभावित व्यक्ति जोशपूर्ण और संतुष्टि की मानसिकता में रहता है, जिसका मतलब होता है कि उसे दुख नहीं होता है।

डॉक्टर आमतौर पर मरीज़ के सामने इसे नहीं बताने या उसे ना ही बताने की सावधानी बरतता है कि उसमें सामान्य पेरालिसिस जैसा सार्वभौमिक ख़तरनाक, तीव्र रोग की पहचान हुई है। सामान्य पेरालिसिस से सचमुत पीड़ित व्यक्ति के लिए ये चिंताएँ नहीं की जाती हैं। डॉक्टर ऐसे मरीज़ को खुलकर रोग की सही प्रकृति के बारे में बता सकता है : वह मुस्कराएगा और बताएगा कि डायग्नोसिस ठीक नहीं है; और अगर डॉक्टर पाता है कि रोगी ठीक से बोलने के क़ाबिल भी नहीं है तो रोगी शांत बना रहेगा और जैसा कि आमतौर पर इन मामलों में होता है, अपने

---

vii. सामान्य पेरालिसिस को ब्रिटेन में सामान्य मानसिक आघात (जीपीआई) भी कहा जाता है। 1880 के दशक के अंत में इसे सिफ़लिस के बाद के चरणों से संबंधित पाया गया था। 1946 तक ऑस्ट्रिया में सिफ़लिस के इलाज में पेनिसिलिन का इस्तेमाल नहीं होता था, इसलिए, मलेरिया थेरेपी का जिक्र किया गया है जिसका तब व्यापक इस्तेमाल होता था।

ना बोल पाने की ख़राबी के लिए अपने ख़राब दाँत या नक़ली दाँतों को दोष देगा।

सामान्य व्यक्ति को प्रभावित या परेशान करने वाली कोई भी चीज़ उस व्यक्ति के सिर के ऊपर से गुज़र जाती है जिसके दुखी होने की क्षमता मनोवैज्ञानिक बीमारी द्वारा ख़राब हो चुकी होती है : इसका उस पर कोई फ़र्क़ नहीं पड़ता, बिलकुल भी असर नहीं होता। उदाहरण के लिए, मानसिक अस्पताल में भर्ती कराए जाने के मामले को लेते हैं। सामान्य पेरालिसिस से पीड़ित एक व्यक्ति के बारे में मुझे याद है जो उसी कमरे में आया था जिसमें संस्थान के डॉक्टर पहली बार किसी नए भर्ती मरीज़ की जाँच करते हैं : आनंदित मुस्कराहट के साथ, निश्चित प्रसन्न मूड में उसने ऐसे शब्दों से हमारा अभिवादन किया जिनसे लगता था कि उसे हम लोगों से मिलकर कितनी प्रसन्नता हुई है। और, बाद में जब उसे कमर में छेद करने के लिए तैयार किया जा रहा था, तब भी उसमें किसी तरह का डर नहीं दिखा और उसने केवल इतना कहा था : 'निश्चित ही, मुझे पता है कि आप लोग ये सब मेरे साथ क्यों कर रहे हैं : इसीलिए कर रहे हैं ताकि मैं बोर नहीं होऊँ।' और जब छेद करने का काम पूरा हो गया जिसके बीच में आख़िरकार उसे कुछ चुभने वाली सनसनी महसूस हुई ही होगी, तब भी उसने उदासीन भाव से केवल 'आऊ! बोला था,' लेकिन फिर तुरंत ही उसने यह भी पूछ लिया था : 'यह बढ़िया था ना?'

अगर आप इस बात की अनदेखी कर दें कि मनोचिकित्सकीय रूप से बीमार व्यक्ति, ख़ासकर ऐसा व्यक्ति जो 'मानसिक बीमारी' के हिसाब से बीमार है, पीड़ा की सामान्य क्षमता गँवा चुका है, तब मेरे साथ जो हुआ था, वह किसी दिन आपके साथ भी हो सकता है। एक मनोचिकित्सा अस्पताल में मैं एडमिशन ड्यूटी पर था और मुझे एडमिशन हॉल में एक नए भर्ती किए गए मरीज़ को देखने के लिए बुलाया गया। जब मैं वहाँ पहुँचा तो मुझे वहाँ एक बड़ी उम्र की और एक छोटी उम्र की महिला दिखी, जो ज़ाहिर तौर पर माँ और बेटी थीं। माँ बेहद उग्र व्यवहार कर रही थी और रो-चीख़कर बता रही थी कि वह सब कितना ख़ौफ़नाक है, जबकि बेटी उसे शांत करने और समझाने की कोशिश कर रही थी कि सब कुछ ठीक हो जाएगा। जब मुझे मरीज़ से कुछ प्रश्न करने थे और मैं

उस बेचैन माँ की तरफ़ मुड़ा तो उस महिला ने अपनी बेटी की पीठ की तरफ़ अँगुली करके कहा कि; मरीज़ तो वह है! मरीज़ बिलकुल भी परेशान नहीं थी और 'पागलखाने' में भर्ती कराए जाने को लेकर वह बिलकुल भी फ़िक्रमंद नहीं दिख रही थी : अपनी बीमारी के कारण वह ऐसा व्यवहार कर रही थी। और हर दिन तो वह निश्चित ही ऐसा नहीं करती होगी, और निश्चित रूप से कम-सुखद और अपेक्षाकृत उदासीनता की स्थिति थी। यह ऐसा मामला है जिसमें किसी असामान्य परिस्थिति में असामान्य (उग्र, भावुक) प्रतिक्रिया सामान्य व्यवहार का प्रतिनिधित्व करती है।

हालाँकि मानसिकता से जुड़े विकार भी हैं जो विरोधाभासी रूप से मरीज़ को पीड़ित होने में सक्षम नहीं होने का कारण बनते हैं! वास्तव में, विषाद का एक विशेष रूप होता है, जो सामान्य स्वरूप के विपरीत, उदासी या चिंता के अर्थ में अवसाद के साथ-साथ नहीं होता है। इसके बजाय, मरीज़ केवल यही शिकायत करते हैं कि वे ख़ुश नहीं रह सकते हैं, लेकिन ना ही वे पीड़ित हो सकते हैं, क्योंकि वे सुखद या अप्रिय अनुभवों के संबंध में किसी भी भावना के लिए सक्षम नहीं होते। उनका मूड सुस्त होता है और वे भावनात्मक रूप से ठंडा महसूस करते हैं। वास्तव में इन रोगियों की शिकायत रहती है कि वे रो भी नहीं सकते हैं, और ये लोग दुख का अनुभव करने में असमर्थ हैं, इसलिए इन लोगों की निराशा सबसे भयानक रूपों में से एक होती है जिसे मनोचिकित्सक कभी भी देख सकता है। मानव जाति की चेतना में यह ज्ञान कितना गहरा है कि दुख स्वयं जीवन से संबंधित है!

हालाँकि हम सबके लिए यह तथ्य उतना अजीब नहीं है जितना यह पहली बार लगेगा; कि लोग हमारे आध्यात्मिक जीवन में आमतौर पर जानते हैं कि वास्तव में कोई भी दुख किस हद तक जीवन से संबंधित है। आइए हम ईमानदारी से और गंभीरता से अपने आप से पूछते हैं कि क्या हम अपने अतीत के दुखद अनुभवों को, शायद अपने प्रेम के जीवन से मिटाना चाहते हैं। भले ही हम हर उस चीज़ को याद करना चाहें जो दर्दनाक हो या दर्द देने वाली हो - तो हम सभी निश्चित रूप से ना कहेंगे। किसी न किसी तरह से हम यह जानते हैं कि हमारे अस्तित्व की इन आनंदहीन अवधियों में हम कितना विकसित और परिपक्व हो पाए हैं।

अब आप में से कुछ लोग इस पर आपत्ति करते हुए कह सकते हैं कि यह एक छलयुक्त कुतर्क है, मेरी ओर से कमोबेश जनोत्तेक पैंतरेबाज़ी है, और मुझे शायद किसी ऐसे व्यक्ति से पूछना चाहिए जो अब भी अपनी पीड़ा की स्थिति में है। मुझे पूछना चाहिए कि क्या वह स्वेच्छा से अपने दुखों को स्वीकार करने को तैयार है! खैर, इस उद्देश्य के लिए हम अनुभवों, प्रत्यक्ष, स्पष्ट अनुभवों की ओर बढ़ सकते हैं।

क़रीब साल भर पहले ही यातना शिविरों के पुरुष खाइयों में खड़े थे और बर्फ़ीले मैदान में अपनी गैंती-फावड़े लिए इतनी कड़ी मेहनत से खुदाई कर रहे थे कि चिंगारियाँ उड़ रही थीं। और अगर सुरक्षाकर्मी उनके समूह से कुछ दूर चला जाता था और अगर कुछ समय उन्हें कोई ना देखता तो फावड़े और कुल्हाड़ी लिए उनके हाथ थोड़ा आराम करने लगते थे, और इसी बीच उन लोगों के बीच काम से हटकर, बातचीत शुरू हो जाती थी। और काम की जगह पर होने वाली यह बातचीत हमेशा एक ही होती थी, जिसमें वे बार-बार एक ही विषय पर वही बातें दोहराते रहते थे, और वह विषय होता था : भोजन। व्यंजन बनाने की विधियों का आदान-प्रदान किया जाता था और मेन्यू की योजना बनाई जाती थी। लोग एक दूसरे से उनकी पसंदीदा डिश के बारे में पूछते थे या तमाम व्यंजनों के बारे में सोचा करते थे। वे लोग कल्पना करते थे कि शिविर से मुक्त होने के बाद किसी दिन वे एक दूसरे को डिनर पर बुलाएँगे और भोजन कराएँगे। हालाँकि उनमें से सर्वश्रेष्ठ व्यक्ति मुक्ति के इस दिन की कामना नहीं करता था कि एक बार फिर से खान-पान की मौज-मस्ती में शामिल हो, लेकिन उसका कारण पूरी तरह से अलग होता था : ताकि अंततः यह पूरी अमानवीय स्थिति समाप्त हो सके, जिसमें आप पेट भरने के अलावा और कुछ नहीं सोचने पर मजबूर थे; यह अवस्था जिसमें आप इसके अलावा और कुछ नहीं सोच सकते थे कि सुबह के सवा नौ बजे हैं या साढ़े नौ, ग्यारह बजे हैं या दोपहर के सवा बारह बजे हैं, और इस जमा देने वाली ठंड में खाई में ख़ाली पेट लंच ब्रेक तक या शाम तक और कितने घंटे गुज़ारने होंगे। तब आप शिविर के लिए वापस जा सकेंगे और अंत में रसोई में सूप के उस कटोरे को छू सकेंगे। उस समय हम खाने या भूखा रहने, ठंड से जमने या सोने, मेहनत करने या

पीटे जाने के घटिया सवालों के स्थान पर असली मानवीय समस्याओं के लिए कितना तरस रहे थे। गहरे विषाद और उदासी के साथ हम उस पुराने समय के बारे में सोचा करते थे, जब हमारे पास जानवरों के दुख और ख़तरों के बजाय, मानवीय दुख, समस्याएँ और लड़ाई-झगड़े होते थे; लेकिन आगे भविष्य के बारे में सोचते समय, उस अवस्था की कितनी दिली इच्छा होती थी, जब हम किसी भी तरह से दुख, समस्याओं और विवादों के बिना नहीं होंगे, और सचमुच हम दुख झेलेंगे, उस अर्थपूर्ण दुख के विशिष्ट रूप से गुज़रेंगे जो किसी इंसान पर उसकी इंसानियत के साथ थोपे गए हैं।

हम पहले ही सुन चुके हैं कि अर्थ की पूर्णता तीन मुख्य दिशाओं में संभव है : मनुष्य अपने अस्तित्व को अर्थ देने में सक्षम हो सकते हैं, पहले तो, कुछ करके, कार्य के ज़रिए, सृजन के ज़रिए, किसी कार्य को शुरू करके; दूसरे, प्रकृति, कला जैसी किसी चीज़ का अनुभव करके; या लोगों से प्यार करके; और तीसरे, मनुष्य वहाँ भी अर्थ तलाशने में सक्षम हैं जहाँ पहले या दूसरे तरीक़े से जीवन में मूल्य तलाश पाना संभव नहीं; ख़ासतौर पर तब जब वे, अपनी संभावनाओं की नहीं बदली जाने योग्य, नियत, अपरिहार्य और अनिवार्य सीमा की तरफ़ कदम बढ़ाते हैं : इस सीमा के साथ वे कैसे सामंजस्य बैठाते हैं, इस पर प्रतिक्रिया देते हैं, कैसे इस नियति को स्वीकार करते हैं। जीवन क्रम में मनुष्य को अर्थ की इस पूर्णता की दिशा में बदलाव के लिए तैयार रहना चाहिए जो कि अक्सर, 'समय की चुनौतियों' के अनुसार अचानक ही होता है। हम तो पहले ही बता चुके हैं कि ज़िंदगी का अर्थ केवल कोई एक विशिष्ट हो सकता है, जो हर व्यक्ति के लिए हर घड़ी के संदर्भ में विशिष्ट होता है : ज़िंदगी जो प्रश्न हमसे करती है, वह हर व्यक्ति के लिए और हर स्थिति के लिए अलग-अलग होता है। इस जगह मैं आपको एक उदाहरण के साथ यह दिखाना चाहता हूँ कि, दिशा में यह बदलाव नियति द्वारा किस तरह से 'अभिच्छित' हो सकता है और संबंधित व्यक्ति द्वारा 'आज्ञाकारी' तरीक़े से पूरा किया जा सकता है।

एक नौजवान था जिसका करियर सक्रिय और उत्पादक था। विज्ञापन जगत में वह एक व्यस्त ग्राफ़िक डिज़ाइनर था। अचानक उसे काम से

अलग कर दिया गया क्योंकि वह रीढ़ की हड्डी के ऊपरी हिस्से में असाध्य कैन्सर से पीड़ित हो गया था जिसका ऑपरेशन भी नहीं हो सकता था। इस ट्यूमर ने तेज़ी से उसके हाथों और पैरों को लक़वाग्रस्त कर दिया। अब उसने अपनी ज़िंदगी को अर्थपूर्ण बनाने का जो रास्ता तैयार किया था, उस पर वह चल नहीं सकता था। अब वह ना सक्रिय रह सकता था और ना काम कर सकता था : उसे एकदम नई दिशा में जाने के लिए धकेल दिया गया, मजबूर कर दिया गया। उसके लिए सक्रिय होना लगातार असंभव होता जा रहा था और अपनी बँधी-बँधाई स्थिति में निष्क्रिय अनुभवों में वह अर्थ तलाशने पर मजबूर हो चुका था। अपनी सीमित संभावनाओं में ही उसे जीवन का अर्थ निकालना था; तो, हमारे इस मरीज़ ने क्या किया? जब वह अस्पताल में था तब उसने बहुत ज़्यादा पढ़ना शुरू किया। उसने वो सारी किताबें पढ़ डालीं, जिन्हें वह अपनी व्यस्त पेशेवर ज़िंदगी में पढ़ने का कभी समय नहीं निकाल सका था। वह लगन के साथ रेडियो पर गाने सुनने लगा और अपने साथी मरीज़ों के साथ उसने बेहद गर्मजोशी भरी चर्चाएँ कीं। इस तरह से वह अस्तित्व के उस क्षेत्र में पहुँच गया जहाँ वह सक्रिय हुए बिना ज़िंदगी का अर्थ पूर्ण कर सकता था और स्वयं में विश्व के निष्क्रिय सम्मिलन में जीवन के प्रश्न के उत्तर दे सकता था। इसलिए, यह समझने वाली बात है कि इस बहादुर व्यक्ति ने, उस हालत में भी किसी भी तरह से यह सोच पैदा नहीं होने दी कि उसकी ज़िंदगी बहुत सीमित स्वरूप में भी, अर्थहीन हो गई है। हालाँकि, इसके बाद वह समय भी आया जब उसकी बीमारी इतनी बढ़ गई कि वह अपने हाथों में किताब भी नहीं थाम पाता था, उसकी मांसपेशियाँ इतनी कमज़ोर हो गई थीं कि वह हेडफ़ोन तक ज़्यादा देर तक नहीं लगा पाता था, क्योंकि उससे उसे तेज़ सिरदर्द होने लगता था। इसके बाद उसके लिए बोल पाना तक कठिन हो गया और अन्य मरीज़ों के साथ जोशीला विचार-विमर्श भी करने के क़ाबिल नहीं रहा। इस प्रकार, वह व्यक्ति नियति के हाथों एक बार फिर से किनारे धकेल दिया गया था। इस बार उसे मूल्य सृजन के अधिकार क्षेत्र से ही नहीं, बल्कि अनुभवजन्य मूल्य से भी ख़ारिज कर दिया गया था। इस बीमारी के कारण, उसके अंतिम दिनों में यह स्थिति थी। हालाँकि इस स्थिति को

स्वीकार करके वह इस स्थिति में भी ज़िंदगी का अर्थ तलाशने के क़ाबिल था। हमारे मरीज़ को अच्छी तरह से पता था कि उसके पास दिन या घंटे गिने-चुने बचे हैं। मुझे अच्छी तरह से याद है, मैंने उस व्यक्ति के जीवन की आख़िरी दोपहर में अस्पताल के समयानुसार, ड्यूटी डॉक्टर के रूप में चक्कर लगाया था। जब मैं उसके बिस्तर के पास से गुज़र रहा था, तब उसने मुझे इशारा किया। बड़ी कठिनाई से बोलते हुए उसने मुझे बताया कि सुबह सीनियर डॉक्टर के राउंड के समय उसने सुना था कि प्रोफ़ेसर जी. ने निर्देश दिए हैं कि उसकी मौत के पहले अंतिम कुछ घंटों में तकलीफ़ कम करने के लिए उसे मॉर्फ़ीन का इंजेक्शन लगा दिया जाए। वह बोलता गया कि अब तो उसके पास यह विश्वास करने का कारण है कि आज रात वह उस जगह पहुँच जाएगा। उसने मुझसे वह इंजेक्शन उसी समय, उसी राउंड में, लगा देने को कहा ताकि रात की ड्यूटी वाली नर्स को उसे ख़ासकर इस काम के लिए नहीं बुलाना पड़े और सोते समय उसकी नींद में खलल नहीं पड़े। अपनी ज़िंदगी के आख़िरी घंटों में भी वह व्यक्ति दूसरों को विघ्न पहुँचाने के बजाय उनकी परेशानी बाँटना चाहता था! अपनी सारी पीड़ा और तकलीफ़ के दौरान उसने जो बहादुरी दिखाई वह पेशेवर नहीं, बल्कि असाधारण मानवीय उपलब्धि थी जो कि उस सामान्य कथन में छिपी थी जिसमें उसने अपने जीवन के अंतिम घंटों में दूसरों की चिंता करते हुए जताई थी!

अब आपको यह समझ में आ जाएगा जब मैं कहूँ कि कोई शानदार ग्राफ़िक डिज़ाइन, चाहे वह दुनिया की सबसे सुंदर डिज़ाइन ही क्यों नहीं हो (जो अपने पेशेवर सक्रियता के दिनों में उस मरीज़ ने बनाई होती), उस सामान्य मानवीय उपलब्धि से बेहतर नहीं हो सकती जो उस व्यक्ति ने अपने जीवन के अंतिम घंटों में दिखाई थी।

तो, हम देख सकते हैं कि बीमारी का मतलब अनिवार्य रूप से अर्थ गँवाना, हमारे अस्तित्व के अर्थ में क्षीणता होना नहीं होता; बल्कि, संभावनाओं के हिसाब से, यह ऐसा कुछ है जो हमेशा अर्थपूर्ण रहता है। अगर व्यक्ति के शरीर में कोई नुक़सान हो जाए तब भी यह ज़रूरी नहीं कि उसकी ज़िंदगी के अर्थ में कमी आ जाएगी, जैसा कि निम्न मामले में दिखाई देता है : एक दिन ऑस्ट्रिया का एक बेहद प्रतिष्ठित जज उस

अस्पताल में लाया गया, जहाँ मैं काम कर रहा था। आर्टिरीओस्क्लरोसिस के कारण उसके पैर में सूजन हो गई थी जो पुरानी हो चुकी थी और रोगी को अपना एक पैर कटवाना पड़ा था। सफल ऑपरेशन के बाद, ऐसी स्थिति आ गई थी कि वह एक पैर से चलने का प्रयास कर सकता था। मेरी सहायता से वह बिस्तर से उठा और उसने काफ़ी मेहनत से और बेरहमी से किसी गौरैया की तरह एक पैर पर कमरे में चारों ओर कूदना शुरू कर दिया। इसके बाद अचानक वह फूट-फूटकर रोने लगा। मैंने उस माननीय, विश्व प्रसिद्ध बुज़ुर्ग का हाथ पकड़ लिया। वह छोटे बच्चे की तरह रोए जा रहा था : 'मैं इसे सहन नहीं कर सकता हूँ। इस तरह लँगड़े की ज़िंदगी जीने का कोई मतलब नहीं,' उसने रुँआसे स्वर में कहा। तब मैंने उनकी आँखों की ओर देखते हुए आग्रहपूर्वक, लेकिन मज़ाक़िया लहजे में कहा : 'टेल मी, मिस्टर प्रेसीडेंट, क्या आपका इरादा छोटी दूरी या लंबी दूरी का धावक बनने का है?' वह चौंककर देखने लगा। 'क्योंकि तभी, और केवल तभी मुझे आपकी निराशा और आपके इस कथन का मतलब समझ आ सकता है; क्योंकि तभी कह सकते हैं कि आप अपनी आख़िरी चाल चल चुके हैं, तभी आपकी आगे की ज़िंदगी, गुज़र-बसर आपके लिए अर्थहीन हो सकती है : क्योंकि अब आप छोटी या लंबी दूरी के धावक बनने के क़ाबिल नहीं रहे। हालाँकि, उसके परे, आप जैसे व्यक्ति के लिए केवल एक टाँग गँवा देने से ज़िंदगी पूरी तरह से अर्थहीन कैसे हो जाएगी, जिसने ज़िंदगी को बेहद सार्थक तरीक़े से जिया है, जो प्रभावशाली रहा है, जिसने प्रोफ़ेशनल दुनिया में नाम कमाया है?' वह व्यक्ति तुरंत समझ गया कि मेरा आशय क्या है, और उसके आँसू भरे चेहरे पर मुस्कराहट फूट पड़ी।

इस तरह से, बीमारी से ज़िंदगी का अर्थ लुप्त नहीं हो जाता, बल्कि, इससे अलग, कई बार तो इससे फ़ायदा भी हो जाता है। इस संभावना को स्पष्ट करने के लिए मैं आपको एक ऐसे मामले के बारे में बताता हूँ जो एक यातना शिविर में सामने आया था। वहाँ पर मेरी मुलाक़ात एक युवती से हुई थी जिसे मैं पहले से जानता था। जब वह शिविर में मुझे दोबारा मिली तो उसकी हालत बहुत ख़राब थी और वह बीमारी के कारण मरणासन्न अवस्था में थी, और इस बात को जानती

थी। हालाँकि मरने से कुछ दिन पहले उसने कहा था : 'यहाँ लाने के लिए मैं नियति की आभारी हूँ; अपने पहले की बुर्जुआ ज़िंदगी में मेरी आकांक्षा सुसंस्कृत बनने की थी लेकिन पता नहीं क्यों, मैं इसको लेकर बहुत गंभीर नहीं थी। हालाँकि, तमाम बातों के बावजूद, अब मैं प्रसन्न हूँ। अब सब कुछ गंभीर हो चुका है, और मैं अपने को साबित कर सकती हूँ, करके रहूँगी।' यह बात कहते समय वह जितनी ख़ुश थी, उतना ख़ुश मैंने उसे पहले कभी नहीं देखा था। इस तरीक़े से वह भाग्यशाली थी, वह महिला वैसा कर पाने में सफल हुई थी जिसकी अपेक्षा या चाह रिल्के हर मनुष्य से करता था : 'अपने स्वयं की मौत मरने के क़ाबिल बनो!'[viii] अन्य शब्दों में, अपनी समूची ज़िंदगी में मौत को भी अर्थपूर्ण तरीक़े से शामिल कराना चाहिए, हाँ, मौत में भी ज़िंदगी का अर्थ पूरा करना चाहिए।

इसलिए, ज़िंदगी के समग्र अर्थ में मौत की अर्थपूर्णता स्वीकार करने वाले किसी व्यक्ति को अगर हम बीमारी या मौत में कोई नुक़सान महसूस नहीं करते हुए, बल्कि इसे फ़ायदा या एक तरह से 'उपहार' के रूप में देखते हुए पाएँ तो हमें हैरत नहीं होनी चाहिए। मेरे सामने एक मूल पत्र पड़ा है, जिसके बारे में मैं ज़ोर देकर कहना चाहता हूँ कि यह मेरे लिए नहीं लिखा गया था। लेखक को निश्चित ही यह पता नहीं होगा कि मैं इस व्याख्यान में उसका इस्तेमाल किसी उदाहरण के लिए करूँगा। हालाँकि उस पत्र के प्रासंगिक हिस्से पढ़ने से पहले, मैं इस कहानी की पृष्ठभूमि के बारे में बताना चाहता हूँ।

इस व्यक्ति को रीढ़ की हड्डी में अचानक बहुत तीव्र और ख़तरनाक बीमारी हो गई थी। बेहतर देखभाल के लिए, वह विएना से कुछ दूर, अपनी एक महिला मित्र के गाँव के मकान में ठहर गया। उसके दोस्तों ने यूरोप के एक सर्वाधिक मशहूर विशेषज्ञ से सलाह ली। मरीज़ की सर्जरी की संभावना के बारे में उसकी राय नकारात्मक थी। एक ऑपरेशन उसने किया भी लेकिन उसकी सफलता की संभावना ज़्यादा से ज़्यादा

---

viii. संकेत : 'ओ हर, गिब जेदेम सीनेन इजेने टोड...' ('हे भगवान, सबको उसकी ही मौत देना...') पद राइनर मारिया रिल्के, *दास स्टंडेनबुक* (*घंटों की किताब*), 1905।

पाँच प्रतिशत ही थी। एक और मित्र ने पत्र लिखकर इस सबके बारे में जानकारी उस महिला को दी जिसके मकान में वह मरीज़ रह रहा था। यह पत्र नौकरानी एक ट्रे में रखकर ले आई जिसे इसके बारे में कुछ भी पता नहीं था, जबकि मेजबान और उसका बीमार मेहमान एक साथ नाश्ता कर रहे थे। तो, मरीज़ का जो पत्र मेरे हाथ में है, उसमें उसने इस सबके बारे में लिखा था और आगे लिखा था : 'इसलिए, यह उसके लिए अपरिहार्य है... उस पत्र पर नज़र डालने की अनुमति... अन्यथा उसे अपनी एक बहुत पुरानी आदत छोड़नी पड़ेगी, और मैं किसी न किसी तरह से अपना निष्कर्ष निकाल सकने में समर्थ होऊँगा... अगर मुझे ठीक से याद है तो एक दिन मुझसे मेरे एक मित्र ने मुझसे पहली टॉकिंग मूवी साथ देखने के लिए चलने को बोला था..., *टाइटेनिक*।[ix] कुशल चित्रण में फ्रिट्ज़ कोर्टनर ने लक़वाग्रस्त कवि की भूमिका निभाई थी जो व्हीलचेयर पर बैठा रहता था। कुछ देर व्यर्थ प्रतिरोध के बाद, वह अपने आसपास पानी का स्तर उठने देता है, प्रार्थना करते हुए, मज़बूती तथा दृढ़ इरादे के साथ एक छोटे-से समूह को उनकी नियत मौत की तरफ़ बढ़ने में अगुवाई करता है। मैं इस पहले सिनेमाई अनुभव से पूरी तरह से हिल गया था। मैंने सोचा कि मौत के पास इतनी मज़बूती से आना भाग्य का उपहार ही हो सकता है। अब मुझे यह मेरी अपनी मौत के लिए दिया गया है! मैं एक बार फिर अपनी लड़ने की भावना की परीक्षा ले सकता हूँ; लेकिन शुरू से ही यह लड़ाई जीत के बारे में नहीं है, बल्कि मेरी शक्ति का अंतिम संग्रह है। इसे जिमनास्टिक का कोई आख़िरी अभ्यास कहा जा सकता है। जब तक संभव हो, मैं बिना नशीली दवा के इस दर्द को सहन करना चाहता हूँ।' "हारी हुई लड़ाई लड़ना"... इस वाक्य को हमारे वैश्विक नज़रिए के अंदर मौजूद होने की अनुमति नहीं दी जा सकती है! लड़ना ही तो ऐसी चीज़ है जिसका महत्त्व है। प्रोफ़ेसर... के विचार वाला... पत्र पढ़ने के बाद... हमने शाम को ब्रुकनर की रोमांटिक धुन 'फ़ोर्थ' बजाई। मेरे

---

ix. शुरुआती सवाक फ़िल्म *अटलांटिक* (1929) का निर्देशन ई.ए. ड्यूपॉन्ट ने किया था। यह फ़िल्म *टाइटेनिक* हादसे के बारे में लिखे गए एक मंचीय नाटक पर आधारित थी। अंग्रेज़ी, फ़्रांसीसी और जर्मन में भी यह फ़िल्म अलग-अलग कलाकारों को लेकर बनाई गई थी।

अंदर की हर चीज़ एक प्रवाहमान, शांतिकारक अंतरिक्ष से भर गई थी। बहरहाल, मैं हर दिन अपना गणित लगा रहा हूँ और मैं कतई भावुक महसूस नहीं करता हूँ। शुभकामनाएँ, आपका...'

इस जगह पर आप में से कोई भी अब मुझे फटकार नहीं सकता और ना यह सुझाव दे सकता है कि मेरे लिए बात करना बहुत अच्छा है, बल्कि आप वास्तव में किसी ऐसे मरीज़ को देखना चाहेंगे जो वास्तव में मौत के सामने अपने नज़रिए पर उसी तरह से टिका रहता है, जिस तरह से मैं यथासंभव और इसीलिए आवश्यक होने के नाते पेश करता हूँ : इस पत्र के लेखक के लिए बात करना आसान नहीं था, और इसके बाद भी उसने की और इस तरह से उसने दिखाया कि जिसकी अपेक्षा की जाती है, उसे किया भी जा सकता है।

अब आपको यह बात स्पष्ट होगी कि बीमारी और मौत से निकलने वाला अर्थ इस दुनिया में किसी बाहरी सफलता या असफलता से प्रभावित नहीं हो सकता है, कि यह कुछ-कुछ आंतरिक सफलता है और यह आंतरिक सफलता बाहरी असफलता के बावजूद अस्तित्व में रहती है। शायद यह भी स्पष्ट हो सकता है कि यह सब केवल विशिष्ट मामलों के लिए ही सही नहीं है, बल्कि हम इसे अपनी ज़िंदगियों में और अपनी ज़िंदगियों के समग्र में भी लागू कर सकते हैं। किसी न किसी तरह से हमारा सारा जीवन आख़िरकार उस हद तक असफल है कि जिस हद तक हम सफलता को केवल बाहरी सफलता मान लेते हैं : यह कहना चाहिए कि कोई बाहरी सफलता, कोई प्रभाव, कोई जैविक या समाजशास्त्रीय प्रभाव दुनिया में ऐसा नहीं है जो हमसे ज़्यादा टिका रह सकता हो या हमेशा टिका रह सकता हो। हालाँकि, आंतरिक सफलता, जीवन के अर्थ की आंतरिक पूर्ति कुछ ऐसी चीज़ होती है जो थोड़ी-सी ही सही 'एक बार और सदैव के लिए' हासिल की जा चुकी है। ज़िंदगी का अर्थ इस तथ्य से कम नहीं हो जाता कि यह लक्ष्य अक्सर हमारे अस्तित्व के अंत में हासिल हो पाता है, बल्कि यह तो इस 'अंत' को समाप्त करके सच्चे अर्थ में पूर्ण बना देता है। रोज़ के उदाहरणों के ज़रिए इन चीज़ों को दृष्टिगोचर और विश्वसनीय बना पाना कठिन होता है। इस संबंध में कला हमें ज़्यादा

अवसर मुहैया कराती है। उदाहरण के लिए, मैं आपको वरफ़ेल[x] के लघु उपन्यास *द मैन हू कन्क्वेर्ड डेथ (डेयर टोड डेस क्लाइनबुर्गर्स)* की याद दिलाता हूँ। वरफ़ेल इसमें छोटे, परंपरागत, क्षुद्र बुर्जुआ का चित्रण करते हैं जिसका समूचा जीवन दुर्भाग्य और चिंता से भरा होता है और वह इसी में डूबा प्रतीत होता है। यह व्यक्ति बीमार पड़ता है और अस्पताल ले जाया जाता है। और अब वरफ़ेल दिखाते हैं कि वह व्यक्ति अपनी तरफ़ बढ़ी चली आ रही मौत का किस वीरता से सामना करता है, क्योंकि अगर उसकी मौत नव वर्ष दिवस के बाद होती है तो उसके परिवार को बीमा की रक़म मिलेगी, अन्यथा नहीं मिलेगी। और मौत से इस लड़ाई में, नव वर्ष दिवस मनाने की जद्दोजहद में, अपने परिवार की वित्तीय सुरक्षा की लड़ाई में, यह साधारण और सरल आदमी ऐसी मानवीय महानता अपनाता है जो केवल कोई कवि ही चित्रित कर सकता है। कमोबेश इसी तरह की घटना तॉलस्तॉय के उपन्यास *द डेथ ऑफ़ इवान इल्यीच* में भी होती है। इसमें भी एक मामूली बुर्जुआ होता है जो पहली बार मौत को सामने पाकर और अपने पूर्व अस्तित्व की विशाल अर्थहीनता महसूस कर निराश हो जाता है। हालाँकि इस अर्थहीनता की निराशा में वह बदलता है, और इस बदलाव में, इस बदलाव के साथ, अतीत का पुनरावलोकन करते हुए वह अपनी बेकार ज़िंदगी को अर्थ दे देता है। वास्तव में, अतीत की व्यर्थता के इस अनुभव के ज़रिए ही वह अपने जीवन को समग्र रूप में अर्थपूर्ण बनाकर समर्पित कर देता है।

आख़िरकार, यह साबित हो चुका है कि एक ख़त्म होती ज़िंदगी, वास्तव में जो मौत के दरवाज़े पर खड़ी हो, वह भी किसी भी तरह से अर्थहीन नहीं हो सकती है। ऐसे में हमें हम उस प्रश्न की ओर लौटना होगा कि किसी भी व्यक्ति को यह अधिकार कैसे हो सकता है कि वह किसी बीमार या 'मरणासन्न रूप से बीमार व्यक्ति' को व्यर्थ व्यक्ति घोषित कर दे और यह कह दे कि उसका जीवन 'जीने लायक़ नहीं' है। यहाँ पर हम किसी भी व्यावहारिक मूल्य की अवहेलना करना चाहते हैं, जिसके

---

x. फ़्रैंज़ वरफ़ेल (1890-1945), ऑस्ट्रियाई-बोहेमियाई उपन्यासकार, नाटककार और कवि।

अनुसार, बीमार व्यक्तियों के जीवन की यह उपयोगिता, वास्तव में उनका जीवन ही, संभव है क्योंकि वे नए रोगों की पहचान या नए उपचारों के आविष्कार में योगदान कर सकते हैं। ऐसे में हम मूल्यांकन की इस स्थिति को हम आरंभ से ही क्यों ख़त्म करना चाहते हैं?

मेरे विचार में, केवल रोगी व्यक्ति को ही इस स्थिति में निर्णय लेने का अधिकार है। उसके नज़रिए से, यह पूछना उचित हो सकता है कि एक रोगी व्यक्ति के रूप में उसके जीवन की विज्ञान के लिए क्या उपयोगिता हो सकती है। आख़िरकार, यह जानी-मानी बात है कि अनेक लोग अपने शरीर को किसी शरीर विज्ञान संस्थान को दे जाते हैं ताकि उनका जीवन ख़त्म होने के बाद भी वे विज्ञान की सेवा कर सकें। हालाँकि, हमारे नज़रिए से, डॉक्टर के नज़रिए से, मनुष्यों का यह बेहद तटस्थ मूल्यांकन अस्वीकार्य है। निश्चित रूप से, यह तटस्थता डॉक्टरों के अनुकूल होती है, लेकिन मेडिकल प्रोफ़ेशनल का मरीज़ के प्रति दृष्टिकोण अनिवार्य रूप से आंतरिक दूरी वाला होता है। ज़रा सोचिए किसी अस्पताल में कोई डॉक्टर कितनी बार राउंड लगाता है। डॉक्टर के लिए हर मरीज़ मनुष्य नहीं, बल्कि एक 'केस' ही होता है। सीनियर डॉक्टर के साथ राउंड में चलने वाला असिस्टेंट उसे मरीज़ के बारे में इस 'केस' या उस बीमारी के रूप में ही बताता है। आमतौर पर डॉक्टर की प्रवृति व्यक्ति को नहीं, रोग को ठीक करने की होती है। और बार-बार यह सुनाई देता है कि 'यह उसका केस है।' कृपया ध्यान दें यहाँ 'उसका,' कहा जाता है ना कि 'इस व्यक्ति का;' और आगे 'है' का इस्तेमाल है, अन्य शब्दों में कहें तो 'उसके पास' नहीं कहा जा रहा है। ऐसे में इस व्यक्ति को होने वाली बीमारी की कोई पहचान नहीं है, बल्कि वह मात्र एक केस है जो कि यह व्यक्ति 'है।' अंत में इसे इस तरह से बोला जाता है कि वह कोई ऐसा ही केस है, किसी ख़ास बीमारी का प्रतिनिधि मात्र है; या शायद केस नंबर या इसी तरह की कोई सीरीज़ है, जिसे 'पेथोलॉजिकल मटेरियल' कहा जाता है। डॉक्टरी भाषा में जाने-अनजाने इस तरह की भाषा का प्रचलित हो जाना इस बात का पर्याप्त सबूत है कि मनुष्यों से दूर होने और उन्हें वस्तु मानने की डॉक्टरों की प्रवृत्ति कितनी गहरी और विस्तृत है।

यही कारण है कि कोई भी अच्छा डॉक्टर, जो अच्छा व्यक्ति भी है, वह हमेशा खुद को तटस्थता से वापस मनुष्यता की ओर लाता है। उसके दृष्टिकोण के जितना ज़्यादा तटस्थ होने का ख़तरा होता है, (और यह होता ही है, ख़ासकर, मानसिक रोग के मामलों में) उतना ही वह अपने को वापस मानवीय दृष्टिकोण की ओर खींचने के लिए ज़ोर लगाता है। वह अक्सर अपने आपसे पूछता है : 'ठीक है, यह स्किजोफ़्रेनिया का केस है। अब मैं उसकी जगह क्या करूँ?' यह एकदम अलग कहानी है जिस पर हम यहाँ आगे नहीं जाना चाहते कि मनुष्य की ओर यह बदलाव, विशुद्ध तथ्यात्मक और वैज्ञानिक स्थिति से पलटकर मानवीय दृष्टिकोण, वास्तव में चिकित्सकीय दृष्टिकोण पर आना, दर्शाता है कि यह डॉक्टर की मानवीयता है कि वह मरीज़ में पहले मनुष्य खोजता है (जो कि मनोचिकित्सक के लिए सर्वाधिक महत्त्वपूर्ण होता है); और इसके अलावा, मरीज़ के अंदर के मनुष्य को जगाता है, (जो मनोचिकित्सकीय इलाज के क्षेत्र में ख़ासतौर पर बहुत महत्त्वपूर्ण है)।

ऐसे में, अगर किसी बीमार मनुष्य की ज़िंदगी का भी मानव समाज और वैज्ञानिक तरक़्क़ी के लिए उपयोगिता मात्र का प्रश्न खड़ा होता है तो यह प्रश्न पहले ही अमानवीय है और इसलिए, ग़ैर-चिकित्सकीय दृष्टिकोण को प्रकट करता है, मनुष्यों के अतिवादी वस्तुकरण और अधोपतन को प्रकट करता है जिसे हम शुरू से ही ख़ारिज करते हैं। यहाँ तक कि मानसिक रूप से रोगी व्यक्ति भी हमारे लिए कोई रोग मात्र नहीं है, बल्कि पहले और सर्वप्रमुख रूप से वह इंसान है 'जिसे' कोई बीमारी हुई है। और, काफ़ी बीमार होने पर भी यह व्यक्ति कितना मनुष्य हो सकता है, अपनी बीमारी में और बीमारी के बावजूद, बीमारी के प्रति अपने दृष्टिकोण में वह महिला कितनी मनुष्य हो सकती है। कई साल पहले मैं एक बुज़ुर्ग महिला से मिला था जो कई दशकों से किसी तीव्र मानसिक रोग से पीड़ित थी। वह निरंतर मतिभ्रम से पीड़ित थी। उसे लगातार ऐसी आवाज़ें सुनाई देती थीं जो उसके हर काम की बुराई करती थीं, उसका मज़ाक़ उड़ाती थीं। निश्चित ही यह बहुत परेशान करने वाली स्थिति थी। लेकिन इस महिला ने इस भयानक नियति का सामना कैसे किया! कैसे उसने अपने इस भाग्य से समझौता किया! उसने स्पष्ट तौर पर यह किया : अपनी

स्थिति के बारे में बताते हुए वह शांत और प्रसन्न थी; यहाँ तक कि वह जहाँ तक संभव था, उद्यमी भी रही थी। इस बात से चकित होकर मैंने उससे उसकी इस स्थिति के बारे में कुछ सतर्कता भरे प्रश्न किए और पूछा कि वह इस तरह से कैसे मुस्करा लेती है, और क्या इस तरह की निरंतर आवाज़ें आना क्या भयानक नहीं लगतीं? और उसका जवाब क्या था? 'हे भगवान, डॉक्टर साहब, मैं तो केवल यह सोचती हूँ कि उन आवाज़ों का सुनाई देना, किसी खंभे की तरह बहरा होने से तो बेहतर ही है।' और वह शरारती तरीक़े से मुस्कराने लगी। अब इस वाक्य में कैसी मानवीयता, कैसी मानवीय उपलब्धि, कितनी कलात्मक बुद्धि छिपी हुई है!

दूसरी तरफ़, हमें अपने आप से पूछना चाहिए कि इस बारे में हम क्या कहेंगे कि असाध्य रोग, ख़ासकर असाध्य मानसिक रोग से पीड़ित व्यक्ति के जीवन को केवल उसकी बीमारी के आधार पर ही व्यर्थ घोषित कर दिया जाता है और उसे नष्ट करने की धमकी दी जाती है, और यहाँ तक कि उसे मार भी दिया जाता है। ऐसा इसलिए क्योंकि हम अक्सर यह सुनते हैं कि असाध्य मानसिक रोग से पीड़ित व्यक्ति को मार डालना ही एकमात्र उचित उपाय होगा ताकि लोग एक अन्यथा राजनीतिक विचारधारा के अस्वीकार्य कार्यक्रम के तहत 'तभी यह समझेंगे।' यही कारण है कि हम उन सभी कारणों की, या उनके ज़्यादातर हिस्सों की पड़ताल करना चाहेंगे जो ऐसी टिप्पणियों के मौन आधार होते हैं, और ऐसे वितर्क के ज़रिए उनको समझाना चाहेंगे जो यथासंभव अकाट्य हों।

चूँकि, प्राथमिक रूप से हम इस बात पर चर्चा कर रहे हैं कि क्या असाध्य मानसिक रोगी लोगों को मार डालने का हमें अधिकार है जिनकी ज़िंदगियाँ अर्थहीन और 'जीने लायक़ नहीं' प्रतीत होती हैं, इसलिए हमें सबसे पहले यह पूछना होगा, 'असाध्य का मतलब क्या है?' ग़ैर विशेषज्ञ होने के नाते, ढेर सारी समझ में नहीं आने वाली, और सबसे बढ़कर पुष्ट नहीं किए जा सकने वाली व्याख्याएँ देने के बजाय, मैं अपने को केवल उस विशिष्ट केस के बारे में बताने तक सीमित करना चाहूँगा, जिसे मैंने खुद देखा था। अस्पताल में एक नौजवान था जिसे पाँच साल

से 'पूरी तरह से बंद' रखा गया था : पाँच सालों से उसने एक भी शब्द नहीं बोला था और ना ही वह अपने आप खाना खाता था, इसलिए उसे नाक में डाली गई नली के ज़रिए खाना दिया जाता था; दिन-रात वह बिस्तर पर ही पड़ा रहता था, इसलिए उसके पैर की मांसपेशियाँ ख़राब हो चुकी थीं। अस्पताल में मरीज़ों को बार-बार देखने आने वाले डॉक्टरों के सामने इस केस को अगर मैंने रखा होता तो एक न एक छात्र मुझसे यह ज़रूर और अक्सर ही पूछता : 'अब सीरियसली बताइए, डॉक्टर, क्या ऐसे व्यक्ति को अब मर जाने देना बेहतर नहीं होगा?' खैर, भविष्य ने उसे इसका उत्तर दिया होगा। एक दिन बिना किसी कारण के हमारा मरीज़ उठ बैठा और नर्स से पूछने लगा कि क्या वह सामान्य तरीक़े से खाना खा सकता है और उसने बिस्तर से उठने के लिए मदद भी माँगी ताकि वह चलने-फिरने की एक्सरसाइज़ कर सके। वह अन्य तरह से भी अपनी स्थिति को समझते हुए एकदम सामान्य व्यवहार कर रहा था। धीरे-धीरे उसके पैर की मांसपेशियाँ मज़बूत होने लगीं और कुछ ही सप्ताह में वह अस्पताल से 'छुट्टी पाने लायक़' हो गया। उसके बाद जल्द ही वह ना केवल अपने पूर्व के पेशे में लौट गया बल्कि विएना में उसने अपनी उन विदेश यात्राओं और पर्वतीय क्षेत्र के भ्रमण के बारे में एक वयस्क शिक्षा कॉलेज में व्याख्यान भी दिए जिनके वह बहुत सुंदर चित्र खींचकर लाया था। हालाँकि, एक बार उसने मेरे साथी मनोचिकित्सकों के क़रीबी समूह को भी संबोधित किया था। इसके लिए मैंने ही उसे आमंत्रित किया था कि वो आए और इस संस्थान में अपने बिताए पाँच महत्त्वपूर्ण सालों के आंतरिक जीवन के बारे में बताए। इस व्याख्यान में उसने उस समय के सभी तरह के दिलचस्प अनुभव बताए और हम लोगों को आध्यात्मिक संपदा के बारे में अंतर्दृष्टि दी जो बाहरी गतिविधि के अभाव में छिपी थी (बकौल मनोचिकित्सक)। इसके साथ ही उसने 'पर्दे के पीछे' जो कुछ चल रहा था, उसके बारे में भी कई उल्लेखनीय ब्यौरे दिए। ऐसी घटनाओं के बारे में बताया जिनके बारे में केवल राउंड लगाने वाला ख़ासकर कोई विवेकशील डॉक्टर ना ध्यान देता है और ना उसे कुछ पता चलता है। उस मरीज़ को उन बिताए सालों की अब तक याद थी जिसके कारण कुछ नर्सों को शर्मिंदगी भी हो रही थी, क्योंकि उन्होंने यह कभी नहीं

सोचा था कि यह मरीज़ कभी ठीक भी होगा और अपनी स्मृतियाँ सबके सामने खोल भी देगा।

हालाँकि, क्या कोई ख़ास केस सचमुच असाध्य ही रहेगा जिसके बारे में आम राय यही हो कि वह असाध्य है; कौन कह सकता है कि कब तक यह केस असाध्य रहेगा? क्या हमने मनोचिकित्सा में देखा नहीं है, ख़ासकर पिछले कुछ दशकों में कि असाध्य बताए जाने वाले मानसिक विकार किसी न किसी तरह के उपचार से पूरी तरह ठीक ना भी हुए हों तो भी उनमें कुछ न कुछ तो सुधार हुआ ही है? ऐसे में कौन कह सकता है कि इस तरह के विकार का कोई ख़ास केस जिसकी हम चर्चा कर रहे हैं, उस पर ऐसे उपचार से असर नहीं होगा? दुनिया में किसी जगह किसी अस्पताल में अपनाई जा रही थेरेपी है, वह इस ख़ास केस में असर नहीं करेगी, भले ही अभी हमें उसकी जानकारी नहीं हो?

अब हम अपने आप से पूछें : मान लीजिए, हम सर्वज्ञ होते और अस्थायी ही नहीं, स्थायी असाध्यता के बारे में भी बिलकुल निश्चितता के साथ बोलने की स्थिति में होते; तब डॉक्टर को जान लेने का अधिकार कौन देता? क्या डॉक्टर को समाज जान लेने के लिए नौकरी पर रखता है? क्या उसका काम जहाँ तक संभव हो, मरीज़ की जान बचाना है, और जहाँ उसे ठीक नहीं कर पाए तो उसकी देखभाल करना उसका काम है? (यह कोई संयोग नहीं है कि ज़्यादातर मनोचिकित्सालय उपचार और देखभाल संस्थान कहे जाते हैं)। डॉक्टर उसके पास लाए गए या खुद आए मरीज़ों के होने या नहीं होने के बारे में फ़ैसला करने वाला कोई जज नहीं है। इसलिए, आरंभ से ही उसके पास कथित असाध्य रोगियों या सचमुच के असाध्य रोगियों की ज़िंदगियों के मूल्यवान होने या मूल्यहीन होने के बारे में फ़ैसला देने या कोई धारणा बनाने का कोई अधिकार नहीं है।

ज़रा कल्पना कीजिए कि तब क्या होगा जब इस 'अधिकार' को (जो वास्तव में उसे है ही नहीं) क़ानून (भले ही वह अलिखित हो) के स्तर तक बढ़ा दिया जाए। मैं बताता हूँ : मरीज़ों और उनके रिश्तेदारों का चिकित्सा के व्यवसाय पर भरोसा हमेशा के लिए नष्ट हो जाएगा! क्योंकि किसी को पता नहीं रहेगा कि जिस डॉक्टर के पास वे जा रहे हैं, वह मददगार या इलाजकर्ता है भी, या जज और जल्लाद बन चुका है।

अब आप कुछ और आपत्तियाँ उठा सकते हैं : शायद आप यह कहना चाहें तो जो वितर्क मैंने दिए हैं, वो अकाट्य नहीं हैं, क्योंकि हमें अपने आपसे ईमानदारी से पूछना पड़ेगा कि क्या सरकार का यह काम है कि वो डॉक्टर को अनावश्यक और अनुपयोगी व्यक्तियों को ख़त्म करने का अधिकार सौंपे। आख़िरकार, यह सोचा जा सकता है कि सार्वजनिक हित के संरक्षक के रूप में राज्य, स्वस्थ और जीवन के लिए फ़िट लोगों के भोजन का उपभोग करने वाले इन बेहद 'अनुत्पादक' व्यक्तियों के बोझ से समुदाय को मुक्त कर सकता है।

खैर, जब भोजन, अस्पताल के बिस्तर जैसे सामान की खपत, डॉक्टरों और नर्सों के काम आदि की बात आती है, तो इन संसाधनों की चर्चा इस तर्क के बारे में अप्रासंगिक होती है और ऐसे में अगर हम यह बात याद रखें : कोई राज्य जो पहले से ही आर्थिक रूप से इतना बदहाल है कि वह उपरोक्त सामग्रियों को बचाने के लिए असाध्य रोग से पीड़ित नागरिकों के अपेक्षाकृत महत्त्वहीन प्रतिशत को समाप्त करने की स्थिति में आ गया हो तो, मान लीजिए कि ऐसा राज्य पहले ही आर्थिक रूप से ख़त्म होने की कगार तक पहुँच चुका है।

प्रश्न के दूसरे पक्ष की पड़ताल करते समय, यानी इस तथ्य पर विचार करते समय कि असाध्य रोगी समाज के लिए अब उपयोगी नहीं है, उनकी देखभाल करना 'अनुत्पादक देखभाल' है, यह याद रखा जाना चाहिए कि समाज के लिए उपयोगिता वह एकमात्र मापदंड नहीं है, ना हो सकता है जिसे हम किसी व्यक्ति पर लागू कर रहे हैं। इस विषय में प्रमाण जुटाना कठिन नहीं है : मनोचिकित्सा संस्थानों में अपना सामान्य काम करते रहने वाले, पत्थरों से भरे ठेले धकेलने वाले, या बर्तन धोने में मदद करने वाले डेमेंशिया (मनोभ्रम) के मरीज़ हमारे ग्रांड पेरेंट्स से ज़्यादा उपयोगी और उत्पादक हैं क्योंकि ये बुजुर्ग तो अपने जीवन के अंतिम साल बेहद अनुत्पादक तरीक़े से बिताते हैं और उनके अनुत्पादक होने के एकमात्र कारण से ही उनकी जान ले लेने का वही लोग विरोध करेंगे जो अन्यथा अनुत्पादक जीवन को ख़त्म कर देने की पैरवी करते हैं। ज़रा सोचिए कि घर में खिड़की के पास व्हीलचेयर पर बैठी, ऊँघ रही वृद्ध महिला का अस्तित्व कितना अनुत्पादक है, और इसके

बावजूद : उसके बच्चे और नाती-पोते उससे कितना प्यार करते हैं, और उसे घेरे रहते हैं! इस प्यार के बीच वह ख़ास दादी या नानी है; ना कम, ना ज़्यादा; हालाँकि, इस तरह के प्यार के बीच वह उसी तरह से आवश्यक और अविस्थापनीय है, जिस तरह से घर का कोई अन्य व्यक्ति जो अभी नौकरी कर रहा है और अपनी सेवा के संदर्भ में समुदाय के लिए आवश्यक तथा अविस्थापनीय है!

मैंने अपने पहले व्याख्यान में बताया था कि प्रत्येक व्यक्ति की अद्वितीयता और विशिष्टता से व्यक्ति का मूल्य निर्धारित होता है, और यह मूल्य किसी समुदाय से संबंधित होना चाहिए जिसके लिए यह मूल्य अद्वितीय है। यह चर्चा करते समय हम सब इस पर प्राथमिक रूप से समुदाय की सेवा के संदर्भ में सोच रहे थे; लेकिन अब हम यह देख सकते हैं कि एक दूसरा रास्ता भी है जिसमें कोई व्यक्ति अद्वितीय और विशिष्ट मनुष्य के रूप में आता है, जिसमें उसका व्यक्तित्व का मूल्य भी महसूस किया जाता है, और उसकी ज़िंदगी का व्यक्तिगत, विशिष्ट अर्थ पूरा होता है : यह रास्ता प्यार का है, या इससे भी बेहतर प्यारा होने का। यह कमोबेश निष्क्रिय रास्ता है, जिसमें बिना किसी प्रयास के, बिना कुछ किए; 'इसके लिए बिना कुछ किए;' प्यार मिलता है, और वह उसकी गोद में अपने आप आ जाता है जिसके लिए लोगों को अपने काम या रोज़गार के ज़रिए प्रयास करना पड़ता है। प्यार पाने की इस राह पर वह वो चीज़ें हासिल करता है जिसके लिए सामान्य तौर पर उसे जूझना पड़ता और अपने कामकाज के ज़रिए जीतना पड़ता, लेकिन उसे अर्जित करने की ज़रूरत के बिना : वास्तव में प्यार कोई अर्जित नहीं कर सकता, प्यार कोई पुरस्कार नहीं है, बल्कि वरदान है। प्यार की राह पर कोई व्यक्ति इस तरह से 'कृपा' के ज़रिए वो चीज़ें पा जाता है जिसके लिए उसे अन्यथा मेहनत करनी पड़ती या अपने कार्य के ज़रिए हासिल करना पड़ता। ये चीज़ें हैं : उसकी अद्वितीयता और उसकी विशिष्टता, दोनों का अहसास। ऐसा इसलिए क्योंकि प्यार की यह प्रकृति ही है कि हम अपने प्रियजन को उसकी अद्वितीयता और विशिष्टता में देखते हैं।

अब मैं नीचे दिये जा रहे तर्क के लिए तैयार हूँ :

मैंने जो कुछ कहा है, वह संभवतः आमतौर पर लागू होता है लेकिन उन ग़रीब लोगों के लिए शायद ही सच हो जिन्हें किसी ग़लती से 'इंसान' होने का खिताब मिल गया है; जो मानसिक रूप से बेहद अक्षम बच्चे हैं। हालाँकि, आपको अगर मैं यह बताऊँ कि ये बात बार-बार देखने को मिलती है कि यही बच्चे अपने माँ-बाप के कितने दुलारे और लाड़ले होते हैं और उन्हें कितना ज़्यादा प्यार किया जाता है, तो आप चकरा जाएँगे (यद्यपि अनुभवी मनोचिकित्सक किसी रूप में हैरान नहीं होते)। अब आप मुझे उस माँ के पत्र का एक हिस्सा पढ़ने का मौक़ा दें जिसने अपनी बच्ची को कुख्यात इच्छामृत्यु कार्यक्रम के दौरान खो दिया था : 'मेरी बच्ची का जन्म 6 जून 1929 को गर्भावस्था में खोपड़ी की हड्डियों की शुरुआती विकृति के कारण असाध्य रोगी के रूप में हुआ था। मैं खुद 18 साल की थी। मैं अपने बच्ची को हद से ज़्यादा प्यार करती थी। मैंने और मेरी माँ ने बेचारी छोटी बच्ची की मदद करने की हर संभव कोशिश की, लेकिन सब व्यर्थ रहा। बच्ची चल या बोल नहीं सकती थी, लेकिन तब मैं युवा थी इसलिए मैंने उम्मीद नहीं छोड़ी। मैं अपनी प्यारी लड़की के लिए पोषक आहार और दवाएँ ख़रीदने के लिए दिन-रात काम करती थी। और जब मैंने उसके छोटे, पतले हाथ अपने गले में डाले और उससे पूछा, "क्या तुम मुझसे प्यार करती हो, मेरी बेटी?" तो उसने मुझे बहुत कसकर गले लगाया, वह हँसी और उसने जैसे भी बना, अपने नन्हे हाथों से मेरे चेहरे को सहलाया। तब मैं ख़ुश हुई, सब कुछ के बावजूद बहुत ज़्यादा ख़ुश हुई।'

हालाँकि, मैं देख रहा हूँ कि आपके मन में अब भी कुछ तर्क हैं। कम से कम लग तो ऐसा ही रहा है। चूँकि अंत में इसी बात पर ज़ोर देंगे कि मानसिक बीमारी के उपरोक्त मामलों में असाध्य मरीज़ों को मारने वाला डॉक्टर आख़िरकार, उन मरीज़ों के समझदार माता-पिता के प्रतिनिधि के रूप में ही तो काम कर रहा होता है, और यह था भी; बिलकुल इसलिए क्योंकि यह इच्छा 'पागलपन भरी' है, ख़ासतौर पर इसलिए क्योंकि इन माता-पिताओं को ही अपनी खुद की इच्छा और उनके मानसिक विकार के कारण उनके खुद के हित की जानकारी नहीं होती। इस कारण से डॉक्टर एक तरह से उनकी इच्छा का अटॉर्नी होता है, इसलिए उस हत्या

को ना केवल उचित ठहराया जाता है बल्कि एक तरह से उसका अहसान माना जाता है।

अगर ठीक से समझे तो कोई इस पर विचार कर सकता है कि इस तरह की हत्या, आत्महत्या का विकल्प हो सकती है, और अगर मरीज़ को अपनी स्थिति की सच्चाई पता होती वह निश्चित ही यही तरीक़ा अपनाता।

आपको इस तर्क का जवाब देने के लिए मैं एक और केस के बारे में बताता हूँ जिसे मैंने अनुभव किया था। नौजवान डॉक्टर के रूप में मैं सामान्य आंतरिक दवाओं के एक क्लीनिक में काम कर रहा था जिसमें एक दिन एक युवा साथी भर्ती कराया गया। अपनी डायग्नोसिस रिपोर्ट वह साथ में लाया था; उसे बेहद ख़तरनाक, असाधारण और असाध्य प्रकृति का कैन्सर था जिसका ऑपरेशन भी नहीं हो सकता था! यह कैन्सर का एक विशिष्ट प्रकार होता है जिसे चिकित्सकीय भाषा में मेलानोसरकोमा कहा जाता है। मूत्र के विशिष्ट तरह के रिएक्शन से इसकी पहचान होती है। निःसंदेह, हमने मरीज़ को बहलाने की कोशिश की : हमने उसके मूत्र को किसी अन्य मरीज़ के मूत्र से बदल दिया और उसे दिखाया कि रिएक्शन का रिजल्ट निगेटिव है। लेकिन उसने क्या किया? एक बार, आधी रात को वह लैब में घुस गया और उसने अपने मूत्र का टेस्ट खुद कर डाला और अगले दिन डॉक्टरों के राउंड के समय हम सबको हैरत में डालते हुए उसने पॉजिटिव रिजल्ट दिखा दिया। हम लोग बेहद शर्मिंदा हुए। हमारे पास उस मित्र से आत्महत्या करने की अपेक्षा करने के सिवा और कुछ नहीं बचा था। जितनी भी बार वह पास के छोटे से कैफ़े में जाने के लिए अस्पताल छोड़ने की अनुमति माँगता, हम हर बार उसे मुश्किल से रोक पाते। हमारी साँस अटकी रहती और हमें यही लगा रहता कि कैफ़े के टॉयलेट में उसके ज़हर खा लेने की ख़बर हमें कभी भी सुनाई पड़ सकती है। हालाँकि सच में हुआ क्या? उसकी बीमारी जितनी ज़्यादा दिखने लगी, मरीज़ को अपने डायग्नोसिस पर उतना ही ज़्यादा संदेह बढ़ता गया। यहाँ तक कि जब उसके लिवर में मेटास्टेसिस हुआ तो उसे उसने लिवर की नुक़सान रहित बीमारी मान लिया। ऐसे में क्या हुआ? उसकी ज़िंदगी का अंत जितना निकट आता गया, जीने की उसकी इच्छा उतनी ही बढ़ती गई और वह उतना ही कम स्वीकार करना चाहता था कि उसका अंत आ

गया है। आप किसी भी तरह से इसे देखें, लेकिन सच्चाई यही है और यही रहती है कि उसकी जीने की इच्छा प्रचंड होती जा रही थी और यह तथ्य हमें स्पष्ट रूप से और हमेशा के लिए (और इस तरह के सभी मामलों में लागू होता है) यही याद दिलाता है कि हमें किसी भी मरीज़ के अंदर की इस इच्छा को नकारने का कोई अधिकार नहीं है।

मैं इस थीसिस का बचाव करने के लिए यहाँ तक जाना चाहूँगा कि जहाँ हम डॉक्टरों के रूप में एक ऐसे निर्विवाद तथ्य का सामना कर रहे हैं जहाँ किसी व्यक्ति ने *अपने कार्यों* के ज़रिए साबित कर दिया है कि अब उसके पास जीने की इच्छा नहीं बची है। मेरा मतलब आत्महत्याओं से है। और मैं यह कहना चाहता हूँ कि वास्तविक आत्महत्या के प्रयास के मामले में भी चिकित्सकीय हस्तक्षेप करना डॉक्टर का ना केवल अधिकार है, बल्कि उसका कर्तव्य भी है। और इसका मतलब है कि मरीज़ को बचाने के लिए और उसकी मदद करने के लिए, वह यथासंभव चिकित्सकीय हस्तक्षेप करे। एक समय इस प्रश्न की प्रासंगिकता नहीं थी। सालों पहले, मैं खुद एक ऐसी तरकीब ईज़ाद करने में लगा था जिसके ज़रिए नींद की गोलियों को ज़हर के रूप में खा लेने वाले बहुत गंभीर मरीज़ों को बचाया जा सके, जबकि आमतौर पर सारे उपचार नाकाम हो चुके हों। कई साथियों की तरफ़ से विरोध की आवाज़ें उठीं जो कहना चाहते थे कि उन लोगों का आत्महत्या करने का निर्णय मानवीय नज़रिए से समझने योग्य है (लोगों के एक विशेष समूह को ख़तरे में डालने वाली अत्यंत ख़तरनाक परिस्थितियों को देखते हुए आत्महत्या एक समूची महामारी थी),[xi] और ऐसे में उन्हें 'ज़िंदगी वापस करने' या ज़िंदगी की तरफ़ उन्हें वापस धकेल देने का मुझे कोई हक़ नहीं। तर्क यह था कि मैं जो कर रहा था, वह भाग्य की भूमिका का निर्वाह था। हालाँकि, मैं अपने नज़रिए पर अड़ा रहा। और मैंने अपना यह सिद्धांत तब भी नहीं छोड़ा जब मेरे सहायक ने ही आत्महत्या की कोशिश की थी और उसे अस्पताल लाया गया था। इसके पहले वह सहायक भी कई

xi. लेखक 1938 में *क्रिस्टलनाख़्त* (नवंबर की तबाहियों) के बाद विएना की जूझ रही यहूदी आबादी का ज़िक्र कर रहा है।

बार मेरे दृष्टिकोण की आलोचना कर चुकी थी। उसके मामले में भी मैं अपने सिद्धांत पर मज़बूती से अड़ा रहा और उसके मामले में भी मैंने अपनी तकनीक लागू की थी। यह काम मैंने सफलतापूर्वक किया था जबकि यह तय था कि बदले में मुझे कोई धन्यवाद नहीं मिलने वाला था। नैतिक आधार पर मेरे तरीक़े की आलोचना करने वालों को मैंने यह समझाया (स्वाभाविक रूप से चिकित्सकीय आलोचना को पहले ही तथ्यों के आधार पर नकार दिया गया था) : भाग्य के साथ खिलवाड़ करने की इच्छा मेरी नहीं थी, बल्कि यह काम तो उस डॉक्टर का है जो आत्महत्या करने वाले को उसके भाग्य पर छोड़कर उसके भाग्य के साथ खिलवाड़ करता है। वह भाग्य को बेलगाम छोड़ देता है और हाथ पर हाथ धरे बैठ जाता है जबकि वह शायद उसकी मदद करने के लिए हस्तक्षेप कर सकता है। अगर इसने 'भाग्य' को वास्तव में आत्महत्या करने की अनुमति दी होती, तो यह भाग्य निश्चित रूप से समय रहते ही, मरने वाले व्यक्ति को डॉक्टर के हाथों में जाने से रोकने के तरीक़े और साधन ढूँढ़ता। हालाँकि, एक बार रोगी को डॉक्टर के हाथों में सौंप दिया गया, तो इस डॉक्टर को डॉक्टर की तरह कार्य करना चाहिए और *इस विशेष* भाग्य, अर्थात 'दयालु' भाग्य के चक्कर में नहीं पड़ना चाहिए।

अब मुझे उम्मीद है कि मैं इस चर्चा के ज़रिए आपको दिखा चुका हूँ कि इच्छामृत्यु के पक्ष में सभी स्पष्ट तर्कों के बीच, अस्तित्व की अर्थपूर्णता कितनी शर्तरहित है और, इसलिए हमारी ज़िंदगियों के अर्थ में हमारा विश्वास कितना अडिग है। अगर पहले, जीवन इस तरह से हमारे लिए अर्थपूर्ण साबित हुआ, और बाद में पता चला कि अर्थ में दुखों का भी योगदान है और दुख जीवन के अर्थ का हिस्सा हैं, और तब हमने देखा कि मरने का भी अर्थ हो सकता है, कि 'अपनी खुद की मौत मरना' भी अर्थपूर्ण हो सकता है। और आख़िर में, यह देखा गया कि बीमारी भी, यहाँ तक कि असाध्य बीमारी भी, जी हाँ, असाध्य मानसिक बीमारी भी किसी को यह हक़ नहीं देती कि वह किसी इंसान की 'ज़िंदगी को जीने के अयोग्य' घोषित करे और उनके जीवन के अधिकार को खारिज करे। इस प्रकार, हमने जीवन के अर्थ के प्रश्न को कई अलग-अलग कोणों से कुछ हद तक परखा है। हमारे मुख्य निष्कर्ष की सामान्य समीक्षा में हम

अपने उपरोक्त सभी बुनियादी प्रेक्षणों को याद करते हैं कि हमारा जीवन का मतलब अपने आप में प्रश्नों का सामना करना है और यह कि, हम समुचित रूप से इसके अर्थ के बारे में नहीं पूछ सकते हैं, क्योंकि इसका अर्थ उत्तर देने के कार्य में है। हालाँकि हमने कहा कि हमें ज़िंदगी के जिन विशिष्ट प्रश्नों के जो उत्तर देने होते हैं, वो शब्दों में नहीं मौजूद होते हैं, बल्कि केवल कार्यों में मौजूद होते हैं और उससे भी ज़्यादा : जीने में, हमारे समग्र अस्तित्व में मौजूद होते हैं! जैसा कि हमें महसूस होता है, 'हमारी ज़िंदगियों' के प्रश्नों के उत्तर हम में से हरेक द्वारा ही दिए जा सकते हैं जो कि हम 'अपनी ज़िंदगियों' के लिए जवाबदेह होते हुए देते हैं।

आख़िर में, हमें यह नहीं भूलना चाहिए कि अर्थ के बारे में मूल प्रश्न को एक भिन्न अभिव्यक्ति भी दी जा सकती है, जहाँ तक इसे समूची दुनिया के संबंध में पूछा जा सकता है, ख़ासकर भाग्य के संबंध में, हमारे साथ जो होता है, जिसका सामना हम अनजाने में, अपरिहार्य रूप से करते हैं, उसका अर्थ अलग-अलग भी हो सकता है। हम नियति को निर्देश देने के क़ाबिल नहीं हैं; नियति हम उसे कहते हैं जिस पर हमारा कोई प्रभाव नहीं होता है, जो हमारी इच्छा की शक्ति से बच निकलता है। निश्चित रूप से, हम देख चुके हैं कि हमारी ज़िंदगियों के अर्थ में ऐसा कोई छोटा हिस्सा शामिल नहीं होता कि किस तरह से हम उसे बाहरी नियति से जोड़ सकें, किस तरह से हम उसके लिए काम करें जबकि हम उसे आकार नहीं दे सकते, या जब यह शुरुआत से ही अपरिवर्तनीय हो। हालाँकि, एक क़दम आगे जाकर, हमें अब यह पूछना होगा कि क्या यह बात सोचने योग्य है कि यह विशुद्ध, असली भाग्य भी, और इसके अंदर, इसके परे, सब कुछ जो दुनिया में हो रहा है, उसका कोई अर्थ है।

मुझे विश्वास है कि यहाँ हमें सोचने के तरीक़े के दो मुख्य विकल्प दिए जाते हैं। इनमें से हरेक अकाट्य और अप्रमाणित है! आख़िरकार, हम इस बात पर अच्छी तरह से ज़ोर दे सकते हैं कि अंत में सब कुछ पूरी तरह से अर्थहीन ही है। यह ठीक वैसे ही है जैसे कि हम कहते हैं कि सब कुछ न केवल बेहद अर्थपूर्ण है बल्कि इतना ज़्यादा अर्थपूर्ण है कि हम समग्र का अर्थ, यह सार्वभौमिक अर्थ अब नहीं समझ सकते हैं। वास्तव में हम केवल 'दुनिया के अंतिम अर्थ' के बारे में ही बोल सकते

हैं। इसलिए, कोई समान क्षेत्राधिकार में दुनिया की अर्थहीनता के बारे में तर्क कर सकता है, ठीक वैसे ही जैसे कोई दुनिया के अंतिम अर्थ के बारे में तर्क कर सकता है। समान क्षेत्राधिकार में, जिसका इस मामले में अर्थ है : उसी उचित या अनुचित तर्क के साथ। वास्तव में, हम जिस निर्णय का सामना करते हैं, वह अब तार्किक निर्णय नहीं रहा। तर्क करना किसी एक के लिए जितना तार्किक होगा, उतना ही दूसरे के लिए। तर्क में, हमारे सोचने के तरीक़े की दोनों संभावनाएँ विचार की वास्तविक संभावनाएँ हैं। जिस निर्णय के बारे में हम यहाँ बात कर रहे हैं, वह तार्किक रूप से कहें तो निराधार निर्णय है। इसके पास आधार जैसा कुछ नहीं है, इसका आधार कुछ नहीं है : इस निर्णय में हम शून्यता के रसातल के ऊपर मँडराते हैं; लेकिन साथ ही, इस निर्णय में हम अंतिम निर्णय के क्षितिज में खड़े होते हैं! कोई व्यक्ति तार्किक नियम के आधार पर यह निर्णय नहीं ले सकता है, बल्कि अपने वजूद की गहराइयों से ही इस निर्णय को ले सकता है; जो कि किसी एक या दूसरे के पक्ष में निर्णय करने का एकमात्र तरीक़ा है। हालाँकि, हम एक चीज़ तो जानते हैं : अगर कोई मनुष्य किसी अंतिम अर्थ में, वजूद के श्रेष्ठ अर्थ में विश्वास करने का निर्णय करता है, तो यह विश्वास, हर अन्य विश्वास की तरह, रचनात्मक प्रभाव रखता है। अब विश्वास किसी व्यक्ति के 'अपने' सत्य का विश्वास मात्र तो है नहीं, बल्कि यह इससे ज़्यादा, बहुत ज़्यादा कुछ है : विश्वास उस बात को जारी रखता है जिस पर विश्वास किया जा रहा है! इस प्रकार, हम कह सकते हैं : विचार की उस एक संभावना को अपनाना केवल विचार की किसी संभावना को अपनाने से कहीं अधिक होता है - यह विचार की एकमात्र संभावना को वास्तव में जारी रखना है।

निर्णायक प्रयोग

बावेरिया में लैंड्सबर्ग नाम का एक छोटा-सा कस्बा है जो म्यूनिख़ से क़रीब 50 किलोमीटर दूर है। इसके दक्षिण में एक सड़क पाँच किलोमीटर दूर स्थित कस्बे मार्क्ट कॉफ़रिंग की ओर जाती है। पिछले साल की शुरुआत में एक दिन तड़के, 280 लोग इस सड़क पर जुलूस की शक्ल में चले रहे थे। ये लोग 5 कतारों में थे और इनके साथ स्टाफ़ सेना के सिपाही थे। ये लोग कॉफ़रिंग स्थित यातना शिविर के क़ैदी थे। उन्हें पास के एक जंगल ले जाया गया जहाँ उन्हें युद्ध-सामग्री बनाने की एक बेहिसाब आकार की फ़ैक्टरी बनानी थी। ये थके-माँदे, और दीन-हीन लोग उस सड़क पर चले जा रहे थे। चले जा रहे कहना तो ग़लत हुआ, लड़खड़ाते हुए किसी तरह से घिसट रहे थे। कुछ तो एक दूसरे के सहारे लटके हुए और एक दूसरे को सहारा देते हुए बढ़ रहे थे; उनके पैर सूज गए थे और भूख के कारण पिचके हुए पेट लिए मुश्किल से अपने शरीर को साध पा रहे थे। उनका औसत वज़न 40 किलोग्राम रहा होगा। उनके नंगे पैरों में दर्द हो रहा था, क्योंकि वे फोड़ों और छालों वाली बिवाइयों से भरे हुए थे। और उन लोगों के दिमाग़ में क्या चल रहा था? वे उस सूप के बारे में सोच रहे थे जो उन्हें काम के बाद शिविर में लौटने पर दिन की एकमात्र खुराक के रूप में दिया जाता था। वे सोच रहे थे कि क्या उस शाम सूप के साथ उन्हें रसीला शोरबा भी मिलेगा और क्या उनकी तक़दीर में उसमें तैरता आलू का टुकड़ा भी होगा। और, वे सोच रहे थे कि अगले पंद्रह मिनट में जब काम शुरू होगा तब उन्हें किस समूह में रखा जाएगा : क्या उन्हें उस समूह में रखा जाएगा जिसका प्रभारी कोई ख़तरनाक फ़ोरमैन होगा या उस समूह में रखा जाएगा जिसका प्रभारी थोड़ा खुशमिज़ाज व्यक्ति होगा। और इन लोगों के विचार इसी तरह से यातना शिविर की रोज़ की परेशानियों के इर्दगिर्द घूमते रहते थे।

तभी उनमें से किसी एक व्यक्ति ने महसूस किया कि इस तरह का सोच-विचार कोई मतलब नहीं रखता। और उसने इस सबसे ऊपर उठने का, और कुछ और सोचने की कोशिश की जो ज़्यादा बेहतर था, जिसमें मानवीय सरोकार थे। हालाँकि वह ऐसा कर पाने के क़ाबिल क़तई नहीं था। तब उसने एक तरीक़ा अपनाया : उसने अपने आपको इस पूरी दुखदायी ज़िंदगी से खुद को दूर करने का, उसकी तरफ़ देखकर उससे दूर होने का तरीक़ा अपनाया। वह ज़िंदगी को ऐसे देखने लगा जैसे किसी ऊँचे प्रेक्षण स्थल से देख रहा हो, या भविष्य के नज़रिए से देख रहा हो, कोई भविष्यगामी सैद्धांतिक प्रेक्षण कर रहा हो। और क्या किया उसने? उसने कल्पना की कि वह विएना के किसी वयस्क शिक्षा कॉलेज के सामने किसी भाषण मंच पर खड़ा है और व्याख्यान दे रहा है और वह व्याख्यान उसके इस समय के अनुभवों के बारे में है : मन ही मन में उसने एक भाषण दिया जिसका शीर्षक था, 'यातना शिविर का मनोविज्ञान।'

अगर आपने उस समूह के उस व्यक्ति को पास से देखा होता तो आपको दिख जाता कि उसके कोट पर सिलाई है और उसका लिनन का पेंट फटा-चीथड़ा है, जिस पर एक नंबर दिख रहा है : 119104। और अगर आपने डचाऊ यातना शिविर के रिकॉर्ड देखे होते, तो आपको पता चलता कि इस नंबर के पीछे उसका नाम लिखा था : फ्रैंकल विक्टर।

अब मैं पहली बार, विएना के इस वयस्क शिक्षा कॉलेज में सच में वह व्याख्यान देना चाहूँगा। यह वही व्याख्यान है जो उस व्यक्ति ने उस समय अपने मन में ही दिया था। मैं आपको इसके बारे में बताता हूँ! वह व्याख्यान इन शब्दों के साथ शुरू हुआ था : यातना शिविर के मनोविज्ञान में शिविर में क़ैदियों के जीवन की मनोवैज्ञानिक प्रतिक्रियाओं के संदर्भ में हम कई चरण देख सकते हैं। पहला चरण वह होता है जिस समय क़ैदी शिविर में लाया जाता है। इस चरण को प्रवेश के सदमे के रूप में पहचाना और वर्गीकृत किया जा सकता है। ज़रा सोचिए : मान लीजिए कोई क़ैदी ऑशवित्ज़ लाया जाता है। अगर वह 95 प्रतिशत के बहुमत में से था, तो उसे रेलवे स्टेशन से सीधे गैस चैंबर में ले जाया जाता था; लेकिन अगर वह बाक़ी के 5 प्रतिशत में आता था, जैसा कि संयोगवश मेरे साथ हुआ,

तो उसे सबसे पहले कीटाणुशोधन कक्ष में ले जाया जाता था, ताकि उसे वास्तविक रूप से... नहलाया जा सके। इस असली शॉवर रूप में ले जाए जाने से पहले उसके पास से हर चीज़ ले ली जाती थी। उसके पास ब्रेस या बेल्ट ही रह सकते थे या बहुत से बहुत हुआ तो चश्मा या कोई छोटा पैकेट। उसके शरीर पर कोई बाल नहीं रहने दिया जाता था। पूरी तरह से क्लीन शेव कर दिया जाता था उसे। जब वह आख़िरकार शॉवर के नीचे खड़ा होता है तो उसके अक्षरशः उसके 'नग्न अस्तित्व' के सिवा उसके पास उसके पूर्व जीवन का कुछ नहीं रह जाता। और अब वह उस असली जगह पहुँचता है जहाँ वह यातना शिविर के अनुभव के पहले चरण में प्रवेश करता है : वह अपने समूचे पूर्व अस्तित्व को समाप्त कर देता है।

इस बात को सुनकर किसी को हैरत नहीं होगी कि उसकी अगली चिंता यही होती है कि आत्महत्या करने का सबसे अच्छा तरीक़ा कौन-सा हो सकता है। वास्तव में, ऐसी स्थिति में हर किसी के मन में भले ही एक पल के लिए ही सही, बिजली का तार पकड़कर आत्महत्या करने का विचार आता है। शिविर में आम तरीक़ा यही होता है : बिजली के हाई वोल्टेज के कँटीले तारों की बाड़ को छू लेना ही आत्महत्या का तरीक़ा होता है। हालाँकि, वह तुरंत ही अपना यह इरादा त्याग देता है क्योंकि उसे आसानी से यह बात समझ में आ जाती है कि यह कमोबेश बेकार ही है; क्योंकि इस स्थिति में आत्महत्या का प्रयास बेमानी है, क्योंकि अभी या बाद में, गैस चैंबर में नहीं जाने की औसत संभावना किसी भी मामले में न्यूनतम है। जब उसे देर-सबेर गैस चैंबर में जाना ही है तो वह बिजली का तार क्यों पकड़े? जब उसके पास गैस से डरने का कारण मौजूद है तो उसे बिजली के तार को छूने की ज़रूरत नहीं रह सकती; लेकिन अगर उसे 'गैस' से डरने की ज़रूरत नहीं रह जाए तो वह ज़रूर 'तार' को छूना चाहेगा...

जब मैं इन चीज़ों के बारे में बात करता हूँ, तो मैं निम्न उदाहरण के बारे में ज़रूर बताता हूँ : ऑशवित्ज़ में हमारी बिताई पहली सुबह, कुछ सप्ताह पहले लाया गया हमारा एक साथी हमारे कमरों में घुसने में सफल हो जाता है; क्योंकि नए क़ैदियों के रूप में हम सभी एक अलग कोठरी में थे। वह हम लोगों को सांत्वना देना चाहता है और आगाह करना

चाहता है। सबसे पहले, उसने हमें समझाया कि हमें अपने बाहरी दिखावे पर बहुत ध्यान देना चाहिए; हमें हर क़ीमत पर यह दिखाने की कोशिश करनी चाहिए कि हम काम करने के क़ाबिल हैं। यहाँ तक कि हल्का-सा लँगड़ाना भी नुक़सानदायक हो सकता है जबकि यह बहुत मामूली बात है, क्योंकि ऐसा तो ख़राब फ़िटिंग के जूते की वजह से भी हो जाता है : अगर किसी सुरक्षाकर्मी ने किसी को हल्का-सा भी लँगड़ाते देख लिया तो वह फ़ौरन उसे अलग कर देगा और उसे सीधे गैस चैंबर में भेज देगा। केवल उन्हीं लोगों को जीने लायक़ माना जाएगा जो काम करने के क़ाबिल हैं, बाक़ी सबको ज़िंदगी जीने के नाक़ाबिल माना जाएगा!

इसी कारण से मेरे साथी ने हम लोगों से आग्रह किया कि हम हर दिन दाढ़ी बनाएँ, किसी न किसी तरह के साधन से, मसलन काँच के टूटे टुकड़े से ही, हम किसी तरह अपना चेहरा घिसें, तो भी हम कुछ 'आकर्षक', 'तरोताज़ा', 'सेहतमंद' लगेंगे।

और, जब अंत में उसने हमारे समूह का निरीक्षण किया कि हम सभी अच्छी सेहत और काम करने लायक़ दिखते हैं या नहीं, तो उसने आश्वस्त करते हुए कहा : 'जैसे तुम लोग अभी मेरे सामने हो, उस हिसाब से तुम लोगों को डरने की ज़रूरत नहीं है और कम से कम कुछ समय के लिए तुम लोगों को गैस चैंबर में नहीं भेजा जाएगा; सिवाय एक के; सिवाय तुम्हारे फ़्रैंकल, तुम मुझसे नाराज़ तो नहीं हो ना? लेकिन एक तुम ही हो जो इस तरह के दिख रहे हो कि शायद वे लोग तुम्हें चुन लें (अगले बैच में गैस चैंबर में भेजे जाने वालों को छाँटे जाने के लिए 'चुनने' शब्द का ही आमतौर पर इस्तेमाल होता था।) खैर, मैं उससे नाराज़ तो क़तई नहीं था क्योंकि उस समय मैं यह संतुष्टि महसूस कर रहा था कि कम से कम इस तरह से मैं आत्महत्या करने के प्रयास से तो लगभग निश्चित ही बच गया था।

अपनी खुद की नियति के साथ यह उदासीनता इसके आगे जारी रहती है, बल्कि बढ़ती जाती है। यहाँ तक कि शिविर में क़ैद के कुछ ही दिनों के अंदर, बंदी भावनात्मक रूप से और ज़्यादा शून्य होते जाते हैं। उनके आसपास की घटनाओं का उन पर असर लगातार कम होता जाता है। जहाँ शुरू के दिनों में हर तरह से बदसूरत और नफ़रत भरे अनुभव उसके अंदर डर, गुस्सा,

घृणा की भावनाएँ उकसाते हैं, वहीं बाद में ये भावनाएँ धीरे-धीरे कम होती जाती हैं और फिर कुल मिलाकर न्यूनतम हो जाती हैं; कुछ ऐसी स्थिति हो जाती है जिसकी कोई बाहरी इंसान कल्पना तक नहीं कर सकता। सारी सोच और सारी कोशिश तब केवल आज किसी तरह से ज़िंदा बने रहने तक सीमित हो जाती है। सारा आध्यात्मिक जीवन इसी तरह से घटकर एकमात्र इसी मक़सद तक सीमित हो जाता है। हर अन्य चीज़ के संबंध में, आत्मा अपने आपको एक रक्षात्मक कवच से ढँके रहती है जिससे डरावने और विघ्नकारी विचार बाहर ही रुक जाते हैं। आत्मा इसी तरह से अपना बचाव करती है, इसी तरह से वह उसे कमज़ोर करने वाली प्रभावशाली ताक़तों से बचाती है और उदासनीता के ज़रिए खुद को बचाकर, संतुलन के संरक्षण की कोशिश करती है। इस तरह से, कैदी शिविर जीवन की अपनी मनोवैज्ञानिक प्रतिक्रिया के दूसरे चरण में प्रवेश करता है : इस चरण को उदासीनता के चरण के रूप में वर्गीकृत किया जा सकता है।

हालाँकि अगर आपकी विशिष्ट दिलचस्पी अब केवल आत्म-सुरक्षा में हैं, अपने आपको और अपने कुछ दोस्तों का जीवन बचाने में है, तो व्यक्ति का आंतरिक जीवन सिमटकर लगभग किसी जानवर के स्तर का हो जाता है। अगर हम और ज़्यादा ध्यान से देखें तो हम इसे किसी झुंड के जानवर के स्तर का भी कह सकते हैं। इसकी सत्यता परख़ने के लिए, शिविरवासियों के तब के व्यवहार को देखने की ज़रूरत है, जब वे कहीं आने-जाने के समय कतार बनाते हैं, तब वे अपने आपको जुलूस और कतार के बीचोंबीच रखने की कोशिश करते हैं, ताकि उन्हें सुरक्षाकर्मियों की लातें खाने के आसार कम रहें। हर व्यक्ति की पहली कोशिश यही होती है कि उसकी ओर किसी का ध्यान नहीं जाए, वह किसी भी तरह से अलग नहीं दिखे, बल्कि भीड़ में छिपा रहे। ऐसे में कोई हैरत की बात नहीं कि भीड़ में इस तरह से गुम हो जाना किसी 'मरने,' निजी पहचान के नकारने जैसा है। शिविर में मनुष्यों को भीड़ का हिस्सा बन जाने के लिए धमकाया जाता है। औसतन वह उतना ही आदिम हो जाता है जितना कोई झुंड का जानवर। उसकी सारी प्रेरणा शक्ति आदिम बन जाती है। मजबूरी के दृष्टिकोण तक यह आदिम हो जाती है। ऐसे में यह समझना आसान है कि मेरे साथ यातना शिविर में मौजूद मनोविश्लेषक किसी

'वापसी' की अपनी शर्तों की बात करते थे : वापसी का मतलब जानवरों के और ज़्यादा आदिम चरणों की मानसिकता में वापसी।

वास्तव में, क़ैदियों के आम सपनों का प्रेक्षण करने से यह तय कर पाना संभव था कि अपने अंदर वे कौन-सी आदिम इच्छाएँ रखे थे। ऐसे में, शिविर में लोग ज़्यादातर क्या सपने देखते थे? हमेशा वही सपने : रोटी, सिगरेट, अच्छी कॉफ़ी, और हो सके, तो गर्म पानी से स्नान (और मैं व्यक्तिगत तौर पर हमेशा एक ख़ास क़िस्म के सजे हुए गाटो केक का सपना देखता था।)

और, इसके बावजूद, मेरे एक तरफ़ा, मनोविश्लेषकीय रुझान के साथियों का विचार बुनियादी रूप से ग़लत था। यह सही नहीं है कि यातना शिविर के अनुभव ने लोगों को विनाशकारी अनिवार्यता से वापस खींचा और आंतरिक रूप से उन्हें क़दम वापस लेने को बाध्य किया। मैं ऐसे कई मामले जानता हूँ - और हालाँकि वे व्यक्तिगत हैं, लेकिन उनका कुछ बुनियादी प्रामाणिकता संबंधी मूल्य है। ऐसे मामलों में संबंधित व्यक्तियों ने आंतरिक रूप से वापसी करने से अलग, आंतरिक रूप से प्रगति की, अपने आपसे आगे बढ़े, और उन्होंने यातना शिविर में भी सच्ची मानवीय महानता हासिल की और यह सब यातना शिविर के अपने अनुभव के ज़रिए ही किया।

अब अन्य प्रोफ़ेशनलों, ग़ैर मनोविश्लेषकों की इस बात को लेकर अलग व्याख्या होती है कि यातना शिविर में लोगों की मानसिक और आध्यात्मिक ज़िंदगी के साथ क्या होता था। एक यातना शिविर में ख़ुद भी कई साल बिताने वाले जाने-माने चरित्र-विशेषज्ञ प्रोफ़ेसर (ऐमिल) यूटिट्ज़ ने सोचा था कि वे शिविरवासियों का चरित्र आमतौर पर मनोवैज्ञानिक प्रकार के अनुसार विकसित होता था, जिसे क्रेशमर[xii] ने स्किट्सॉइड (एक तरह का पागल व्यक्ति) कहा था। इस प्रकार को इस तथ्य से वर्गीकृत किया जाता है कि इसमें प्रभावित व्यक्ति एक तरफ़ उदासीनता

---

xii. अर्नस्ट क्रेशमर (1888-1964), जर्मन मनोवैज्ञानिक, जिसने लोगों को शारीरिक सौष्ठव के आधार पर वर्गीकृत किया और इन प्रकारों को व्यक्तित्व के गुणों और मानसिक रोग से जोड़ा।

और दूसरी तरफ़ चिड़चिड़ेपन की भावात्मक अवस्थाओं के बीच झूलता है, जबकि चक्रीय स्वभाव[xiii] के रूप में वर्गीकृत किए जाने वाले सर्वाधिक महत्त्वपूर्ण अन्य प्रकार में, वह एक मिनट में 'स्वर्गिक आनंद' ले रहा होता है तो दूसरे ही मिनट में 'निराशा की गहराई'[xiv] में डूब जाता है।

दूसरे शब्दों में, वह आनंदपूर्ण उत्साह और अवसादात्मक उदासी के स्थायी चक्र में फँसा होता है। यह इस साइको पेथोलॉजिकल दृष्टिकोण की विशेषज्ञता वाली चर्चा का स्थान नहीं है। मैं अपने आपको वहीं तक सीमित रखना चाहूँगा जो बुनियादी तौर पर महत्त्वपूर्ण है और यही वो निष्कर्ष है जो मैं यूटिट्ज़ के विपरीत, समान प्रेक्षण 'सामग्री' से निकालने में सक्षम हुआ हूँ : जैसे कि यातना शिविर में कोई व्यक्ति किसी भी तरह से किसी बाहरी बाध्यता के तहत अपने आंतरिक विकास को पागलपन की उन प्रवृत्तियों के साथ 'विशिष्ट क्ज़लेर' (यातना शिविर का क़ैदी) बनने की तरफ़ निर्देशित नहीं करता है। बल्कि इसके बजाय, वह किसी न किसी तरह से स्वतंत्रता, अपनी नियति, अपने परिवेश को बदलने की स्वतंत्रता क़ायम रखता है; और निश्चित ही 'कोई न कोई रास्ता था!' और, उदाहरण के लिए शिविर में ऐसे लोग थे जो अपनी उदासीनता से उबरने में अपने चिड़चिड़ेपन को दबाने में सक्षम थे, और अंत में, यह उनकी क़ाबिलियत को 'अलग तरह से काम करने' की ओर आकर्षित करने का प्रश्न था और यह 'किसी भी तरह से कर डालने' की अपेक्षित बाध्यता भर नहीं थी! यही आंतरिक योग्यता, यही वास्तविक मानवीय स्वतंत्रता; वे लोग किसी क़ैदी से नहीं छीन सकते थे, भले ही और सब कुछ वे उससे छीन लें, और वास्तव में वे सब कुछ छीन भी लेते थे।

यह स्वतंत्रता उसके साथ रहती थी, तब भी जबकि उनकी आँखों पर चढ़े चश्मे को भी वे लोग मुँह पर मुक्का मारकर तोड़ देते थे, और तब भी जब एक दिन उसे रोटी के एक टुकड़े के बदले अपना बेल्ट देना

---

xiii. 'चक्रीय व्यक्तित्व,' जिसे अब साइक्लोथीमिया कहा जाता है, एक मानसिक विकार है जो द्विध्रुवीय विकार के समान (किंतु अक्सर उससे हलका) होता है।

xiv. 'स्वर्गिक आनंद लेना या निराशा की गहराई में डूब जाना' गोएथे के नाटक *एगमॉन्ट* (1788) का संवाद है जो अब जर्मन की सामान्य कहावत बन गई है।

पड़ गया था, और अंत में उसके पास अपने बचे-खुचे सामान में से भी कुछ नहीं बचा था; लेकिन उसके अंदर स्वतंत्रता बची थी और उसकी आख़िरी साँस तक उसके साथ रही थी!

यहाँ तक कि अगर यातना शिविर में कोई आदमी मनोवैज्ञानिक अनुरूपता में चूक भी कर जाए, तब भी उसे आँख मूँदकर उनकी बात मानने की जगह, उस वातावरण की शक्ति और प्रभाव से बचने और उन नियमों द्वारा शासित होने की ही नहीं बल्कि उनका विरोध करने, उनसे पीछे हटने की भी स्वतंत्रता थी। दूसरे शब्दों में, उस व्यक्ति के पास कभी ऐसी स्वतंत्रता थी; लेकिन उसने उसे छोड़ दिया था, उसने उसका उपयोग छोड़ दिया था - स्वेच्छा से उसे त्याग दिया था! लेकिन ऐसा करते हुए उसने अपने आपको त्याग दिया था, अपने आप को छोड़ दिया था, अपने सार को त्याग दिया था। उसने खुद को आध्यात्मिक रूप से गिरने दिया था।

हालाँकि अब हमें यह पूछने की आवश्यकता है कि इस तरह का अधोपतन कब शुरू हुआ, कब से इस व्यक्ति ने अपने को आध्यात्मिक रूप से पतित होने की अनुमति दी, और हमारा उत्तर यह होना चाहिए : जब से उसने अपनी आंतरिक पकड़ खो दी; जब से उसके पास आंतरिक पकड़ नहीं रही। इस तरह की पकड़ दो रूपों में हो सकती है : या तो यह भविष्य पर पकड़ के रूप में होती है या निरंतरता पर पकड़ के रूप में होती है। सभी सचमुच के धार्मिक व्यक्तियों के साथ यह दूसरा वाला मामला होता है; उन्हें तो भविष्य पर, आज़ाद दुनिया में, रिहाई के बाद, अपने भावी जीवन पर पकड़ की ज़रूरत तक नहीं होती; ये लोग ईमानदार रह सकते थे, भले ही उन्होंने भावी नियति की अपेक्षा की हो या इस तरह के भविष्य का अनुभव किया हो या यातना शिविर में बच जाने की अपेक्षा की हो। हालाँकि, बाक़ी लोग भविष्य में उनके जीवन की सामग्री के हिसाब से अपने भविष्य के जीवन पर पकड़ तलाशने के लिए मजबूर किए गए थे। हालाँकि भविष्य के बारे में उनके लिए सोचना कठिन था। इसके बारे में उनकी सोच का कोई संदर्भ बिंदु, कोई समापन बिंदु नहीं था : किसी अंत का अनुमान नहीं लगाया जा सकता था। उस गंभीर अपराधी से हमें कितनी ईर्ष्या हो सकती थी जिसको ठीक-ठीक पता तो रहता था कि उसे

दस साल की क़ैद गुज़ारनी है, वह गिन तो सकता था कि उसकी रिहाई में कितने दिन बचे हैं ... भाग्यशाली इंसान था वो! शिविर में रखे गए हम सभी क़ैदियों की तो 'रिहाई की कोई तारीख़' ही नहीं थी, और ना हमें कुछ पता था। हमें में से किसी को नहीं पता था कि कब अंत आ जाएगा। यह मेरे साथियों का सर्वसम्मत विचार था और शायद शिविर के जीवन का आध्यात्मिक रूप से सबसे ज़्यादा अवसादकारी तथ्य था! युद्ध के आसन्न समापन की बार-बार आने वाली अफवाहें इंतज़ार की पीड़ा को और बढ़ा देती थीं। बार-बार अंतिम समय सीमा बढ़ा दी जाती थी। हालाँकि इन सारी ख़बरों पर यक़ीन करता कौन था? पूरे तीन सालों तक मैं बार-बार यही सुनता रहा : छह सप्ताह में युद्ध समाप्त हो जाएगा, हम ज़्यादा से ज़्यादा छह सप्ताह बाद, वापस अपने घर पर होंगे। यह निराशा जितनी ज़्यादा कड़वी और ज़्यादा गहरी हो जाती थी, अपेक्षाएँ उतनी ही ज़्यादा डरावनी होती जाती थीं। और, बाइबिल में क्या कहा गया है? 'उम्मीद टलने से दिल बीमार हो जाता है।'[xv] सचमुच हो जाता है, इतना बीमार हो जाता है कि आख़िरकार यह धड़कना तक बंद कर देता है।

अब मैं जिस मामले के बारे में बताने जा रहा हूँ, उससे आपको यह बात समझ में आ जाएगी : पिछले साल मार्च के आरंभ में मेरे पूर्व ब्लॉक के बुज़ुर्ग, बुडापेस्ट के टैंगो संगीतकार और परिहास ओपेरा के लेखक ने मुझे बताया कि उसने एक विचित्र सपना देखा था। उसने बताया, 'फ़रवरी के मध्य के आसपास मैंने सपना देखा था। एक आवाज़ ने मुझसे बात की और मुझसे कहा कि मैं कोई इच्छा करूँ, जो मैं जानना चाहता हूँ, वह उस आवाज़ से पूछूँ; वह उत्तर दे सकती है, वह मेरे भविष्य के बारे में बता सकती है। और फिर मैंने उस आवाज़ से पूछा : मेरे लिए यह युद्ध कब ख़त्म होगा, समझ रहे हो ना? मेरे लिए : तो आगे बढ़ते जा रहे अमेरिकी सैनिकों से हम कब आज़ाद होंगे?'

'और उस आवाज़ ने आपको क्या जवाब दिया?'

फिर वह मेरी तरफ़ झुका और चुपके से मेरे कान में फुसफुसाया : '30 मार्च को!'

---

xv. कहावतें,13:12

मार्च के मध्य में मुझे टाइफ़स होने पर दवाख़ाने की झोपड़ी में भर्ती कराया गया। 1 अप्रैल को मुझे वहाँ से छुट्टी मिल गई और मैं वापस अपनी मिट्टी की झोपड़ी में लौट आया : 'ब्लॉक बुज़ुर्ग कहाँ है?' मैंने पूछा था, और मैंने क्या पाया? मार्च के अंत में, जब उसके सपने में उस आवाज़ की भविष्यवाणी की तारीख़ और क़रीब आ गई थी, और सैन्य स्थिति में बदलाव के कोई आसार नहीं दिखे तो उस ब्लॉक बुज़ुर्ग की उदासी लगातार गहराने लगी। 29 मार्च को उसका बुखार तेज़ होने लगा और उसी 30 मार्च को वह होश खो बैठा जिस दिन 'उसके लिए' युद्ध ख़त्म होना था। 31 मार्च को उसकी मौत हो गई। मौत उसकी टाइफ़स से हुई थी।

इस तरह से आप देख सकते हैं कि व्यक्ति की आंतरिक पकड़ खोने से, ख़ासकर भविष्य पर पकड़ खोने से, आध्यात्मिक और मानसिक क्षय होता है, और इससे शारीरिक क्षय की राह भी खुलती है। आइए, अब अपने आपसे पूछते हैं कि क्या इस मानसिक, आध्यात्मिक और शारीरिक क्षय के लिए क्या कोई थेरेपी है : क्या इस बारे में किसी ने कुछ किया है; और क्या किया है? मैं तो आपको यही उत्तर दे सकता हूँ : एक थेरेपी थी तो, लेकिन यह बात शुरू से ही स्पष्ट थी कि यह मनोचिकित्सकीय रूप तक सीमित थी, इसलिए यह केवल साइको-थेरेपी हो सकती है। और निःसंदेह इस तरह की साइकोथेरेपी के अंदर, यह मूल रूप से आध्यात्मिक पकड़ मुहैया कराने, जीवन सामग्री देने का मसला था। नीत्शे के कथन पर विचार कीजिए जिसने एक बार कहा था, 'जिसके पास भी जीने का कारण मौजूद है, वह किसी न किसी तरह से झेल ही सकता है;' 'कारण;' जो जीवन की सामग्री का हिस्सा है; और 'किसी न किसी तरह;' ये जीवन की वो परिस्थितियाँ हैं जिन्होंने शिविर के जीवन को इतना कठिन बना दिया था कि जो किसी 'कारण' के संदर्भ में ही झेलने योग्य बनीं। ऐसे में बुनियादी तौर पर साइकोथेरेपी ने ही अगर लोगों को शिविर की मुश्किलें झेलने लायक़ बनाया था, तो यह साइकोथेरेपी किसी ख़ास अर्थ में पहले से परिभाषित थी, क्योंकि जिस व्यक्ति से जीने की इच्छा जुटाने के लिए कहा जा रहा था, उसको यह समझाने के लिए प्रयास करने की ज़रूरत थी कि उसका जीवित रहने का अर्थ है। इसके अतिरिक्त, इस साइकोथेरेप्यूटिक कार्य को और ज़्यादा कठिन बनाया गया क्योंकि हम लोग ऐसे लोगों के

बीच काम कर रहे थे जो औसतन, सामान्य तौर पर जीने पर भरोसा नहीं कर सकते थे, और निश्चित ही शिविर में यह कार्य क़ैदियों की देखभाल का ही था! उनसे आप क्या कहते? और, किसी को उनसे ख़ासतौर पर कुछ तो कहना चाहिए था। और, ऐसे में, यह स्थिति उस साइकोथेरेप्यूटिक केयर के लिए *निर्णायक प्रयोग*[xvi] बन गई।

पिछले व्याख्यान में मैं ये पहले ही कह चुका हूँ कि केवल जीवन ही नहीं बल्कि इसमें शामिल दुख का भी एक अर्थ होता है, और वास्तव में यह अर्थ जो इतना बिना शर्त है कि यह उस जगह भी पूरा किया जा सकता है जहाँ दुख बाहरी सफलता की ओर नहीं ले जाता, जहाँ ऐसा लगता है कि दुख व्यर्थ है। और मुख्य तौर पर इस तरह का दुख ही है कि जिसे हमें यातना शिविरों में झेलना पड़ता था; लेकिन मुझे बैरक में अपने बगल में लेटे इन लोगों से कहना चाहिए था और जो अच्छी तरह से जानते थे कि वे मर जाएँगे और कितनी जल्दी मर जाएँगे? वे लोग मेरी तरह जानते थे कि कोई जीवन, कोई व्यक्ति और कोई कार्य (उस दोहरे मामले को याद कीजिए जिसका ज़िक्र मैंने पहले व्याख्यान में किया था)[xvii] उनका इंतज़ार कर रहा होगा, या यह इंतज़ार व्यर्थ होगा... ऐसे में जहाँ तक जीने, बचे रहने के अर्थ का सवाल है, तो, दुख के और व्यर्थ के दुख के अर्थ की ओर इशारा करना भी अहम था; वास्तव में यह इससे भी ज़्यादा था : यहाँ तक कि अर्थ का खुलासा करना भी, जिसका अर्थ मौत में अव्यक्त हो सकता है! निःसंदेह, कोई मौत रिल्के की उस कहावत के अर्थ में और ज़्यादा अर्थपूर्ण हो सकती है जिसके बारे में पिछली बार हमने बात की थी, और जिसमें कहा गया था कि हर व्यक्ति को अपनी मौत मरना चाहिए।

यह ज़रूरी था कि हमें अपनी मौत मरना चाहिए, ना कि उस मौत से मरना चाहिए जिसे सैनिकों ने हमारे ऊपर थोपा है! हम इस काम की ज़िम्मेदारी लेते हैं, ठीक वैसे ही जैसे हमने ज़िंदगी के काम की ज़िम्मेदारी

---

xvi. किसी विशेष परिकल्पना को साबित करने के लिए किया जाने वाला कोई निर्णयात्मक प्रयोग।

xvii. देखें पृष्ठ 38।

ली थी? किसको, किस उच्च अधिकारी को? और किसी अन्य के लिए इस प्रश्न का उत्तर देने की अनुमति किसे दी जाएगी? क्या हर किसी को अपने लिए यह अंतिम प्रश्न तय नहीं करना होता है? इस बात का क्या महत्त्व है अगर बैरक में बंद कोई व्यक्ति अपनी आत्मचेतना के प्रति ज़िम्मेदार महसूस करे और दूसरा व्यक्ति ईश्वर के प्रति, तो तीसरा किसी ऐसे व्यक्ति के प्रति ज़िम्मेदार महसूस करे जो अब काफ़ी दूर था? उनमें से हरेक जानता था कि किसी न किसी तरह, कहीं न कहीं, कोई न कोई अनदेखा, उस पर निगरानी रख रहा है, और जो उससे अपेक्षा करता है कि उसे 'अपनी तकलीफ़ों के योग्य' होना चाहिए, जैसा कि दोस्तोवस्की ने एक बार कहा था, और अपने बारे में उन्होंने आशा की थी कि उन्हें 'अपनी मौत मरना चाहिए।' उस समय हम में से हरेक ने यही अपेक्षा महसूस की थी, जब मौत पास होती थी, और हम इसे पहले से ज़्यादा महसूस करते थे, तब हम उतना ही कम यह महसूस करते थे कि हम स्वयं ज़िंदगी से अब कुछ और अपेक्षा कर सकते हैं, कि कोई व्यक्ति या कोई चीज़ तब भी हमारा इंतज़ार कर रही थी, और, हम बचे रहने की अपेक्षा कर सकते थे।

आप में से कई सारे लोग जो यातना शिविर में नहीं रहे, यह जानकर हैरान होंगे और मुझसे पूछेंगे कि कोई इंसान उन सारी चीज़ों को कैसे सहन कर सकता है जिनके बारे में मैं बात करता आ रहा हूँ। मैं आपको यक़ीन दिलाता हूँ कि आप लोगों से भी ज़्यादा हैरान वह व्यक्ति होगा जिसने यह सब झेला है और बच गया है! हालाँकि यह मत भूलिए : मनुष्य की मनोस्थिति कुछ-कुछ मेहराब की तरह काम करती है : जीर्ण-शीर्ण हो चुके मेहराब को सहारा देने के लिए उस पर अतिरिक्त बोझ लाद दिया जाता है। ऐसा लगता है कि इंसानी मनोवृत्ति को भी उस पर अतिरिक्त बोझ (कम से कम कुछ ख़ास हद और निश्चित सीमा तक) डालकर मज़बूत किया जाता है। इसे समझने का यही और केवल यही तरीक़ा है। कई कमज़ोर व्यक्ति यातना शिविर छोड़ते समय, शिविर में लाए जाने के समय की तुलना में बेहतर और मज़बूत मानसिक अवस्था में थे। हालाँकि, इसके साथ ही अब हम यह समझ सकते हैं कि शिविर से रिहाई, लगातार झेले जा रहे भारी दबाव से अचानक रिहाई उसकी मानसिकता के

लिए ख़तरनाक हो जाती है। इस संदर्भ में मैं कैसॉन रोग, या डीकंप्रेशन बीमारी का उपयोग तुलना के रूप में करता हूँ। यह उन गोताखोरों पर असर डालती है जो उच्च वायुमंडलीय दबाव में पानी के अंदर काम करते हैं। उन्हें सामान्य वायु दबाव में अचानक वापस कभी नहीं आना चाहिए, बल्कि धीरे-धीरे ही आना चाहिए, अन्यथा उन्हें सर्वाधिक गंभीर शारीरिक समस्याओं का सामना करना पड़ जाता है।

हालाँकि, इससे यातना शिविर के मनोविज्ञान, रिहा क़ैदी के मनोविज्ञान के भीतर तीसरे और अंतिम चरण की हमारी चर्चा का भी अनुमान लगता है। सबसे महत्त्वपूर्ण बात मैं उसके बारे में यह कहना चाहता हूँ कि वह कुछ ऐसी चीज़ से संबंधित है जो निःसंदेह आपको बेहद हैरान कर देगी : यह सच्चाई है कि रिहा व्यक्ति को अपनी रिहाई का आनंद लेने योग्य बनने में कई दिन लग जाते हैं। उसे वास्तव में और शब्दशः यह सीखना पड़ता है कि कैसे ख़ुश रहना है। और कभी-कभी उसे इसे सीखने में जल्दी करनी पड़ती है, क्योंकि अक्सर उसे जल्द ही इसे फिर से दिमाग़ से निकालना होता है और फिर से पीड़ित होना सीखना होता है। मैं इसके बारे में अब कुछ बताना चाहूँगा।

कल्पना कीजिए, कोई व्यक्ति यातना शिविर से रिहा होकर लौटता है, घर आता है। इसके बाद उसका सामना एक तरह की असहमति से होता है। और सबसे बड़ी बात, उसे अन्य लोगों से हमेशा ये दो बातें सुनने को मिलती हैं : 'हमें इसके बारे में कुछ नहीं पता' और 'ये तो हमने भी भुगता है।' अब इस दूसरे कथन से शुरुआत करते हैं और पहले अपने आपसे पूछते हैं कि क्या इंसानी दुख-तकलीफ़ का आकलन इस तरह से किया जा सकता है कि एक व्यक्ति की तकलीफ़ की तुलना दूसरे व्यक्ति की तकलीफ़ से की जाए। और मैं यह बताना चाहता हूँ कि इंसानों की तकलीफ़ की तुलना नहीं की जा सकती है! असली तकलीफ़ व्यक्ति को पूरी तरह से भर देती है, पूरे अस्तित्व पर हावी हो जाती है।

एक बार मैंने अपने एक मित्र को यातना शिविर के अपने अनुभवों के बारे में बताया; वह शिविर में कभी नहीं रहा था, स्तालिनग्राद में वह नाममात्र के लिए लड़ा था। और उसने मुझे बताया कि मेरी तुलना में वह ज़्यादा शर्मिंदा महसूस करता था। उसे शर्मिंदा होने की ज़रूरत नहीं थी।

वास्तव में यही एक अनिवार्य अंतर है जो किसी व्यक्ति के युद्ध के अनुभवों और यातना शिविर के अनुभवों में होता है। युद्ध में वह अनस्तित्व का सामना करता है, वह मौत के बिलकुल सामने होता है, लेकिन शिविर में हम स्वयं कुछ भी नहीं थे, हम अपने जीवनकाल में पहले ही मर चुके थे। हम किसी लायक़ नहीं थे। हमने ना केवल अनस्तित्व का सामना किया, बल्कि हम वही हो गए थे। हमारे जीवन की कोई गिनती नहीं थी; हमारे मरने का भी कोई मतलब नहीं रह गया था। हमारी मौत के आसपास कोई प्रभामंडल नहीं था, काल्पनिक भी नहीं था। यह किसी छोटे से शून्य का विशाल शून्य के अंदर जाने जैसा था। और इस मौत पर भी बमुश्किल ध्यान दिया गया। हम इसे बहुत पहले ही 'जी' चुके थे!

और अगर मैं शिविर में ही मर जाता तो क्या होता? अगले दिन सुबह परेड ग्राउंड पर पाँच कतारों में से किसी एक में, कोई व्यक्ति, बाहर से शांत दिखता हुआ; हमेशा की तरह अपने चेहरे को अपने कोट की खुली कॉलर में छिपाकर ठंड से बचने की कोशिश करता हुआ खड़ा होता, और उसके कंधे झुके होते; वह अपने बगल में खड़े व्यक्ति से धीरे से कह रहा होता : 'फ्रैंकल कल मर गया;' और दूसरे व्यक्ति के भी मुँह से मुश्किल से इतना ही निकलता, 'हम्म।'

और, सबकुछ के बावजूद, किसी भी इंसानी तकलीफ़ की तुलना किसी अन्य की तकलीफ़ से नहीं की जा सकती क्योंकि यह तकलीफ़ की प्रकृति का हिस्सा है कि यह किसी ख़ास व्यक्ति की ही तकलीफ़ होती है, वह उसकी *अपनी* तकलीफ़ होती है; उस तकलीफ़ की 'मात्रा' पूरी तरह से पीड़ित पर निर्भर होती है, उस व्यक्ति पर निर्भर होती है; किसी व्यक्ति की एकांत तकलीफ़ बिलकुल अद्वितीय और विशिष्ट होती है, जैसा कि हर व्यक्ति अद्वितीय और विशिष्ट होता है।

इस कारण से, तकलीफ़ की मात्राओं के बारे में बात करना बेकार है; लेकिन अर्थपूर्ण और अर्थहीन तकलीफ़ में एक अंतर ज़रूर है जो सचमुच मायने रखता है। हालाँकि; और मुझे लगता है कि यह आपको पूर्व के व्याख्यानों से अच्छी तरह से समझ आ गया होगा; यह अंतर पूरी तरह से व्यक्ति पर निर्भर करता है : व्यक्ति और केवल वही व्यक्ति यह निर्धारित करता है कि उसकी तकलीफ़ अर्थपूर्ण है या नहीं। और उन लोगों की तकलीफ़

के बारे में क्या कहा जाए, जिनके बारे में हमने सुना है कि वो मज़बूती से घोषणा करते हैं कि वे 'भी पीड़ित' थे, और 'उन्हें कुछ नहीं पता था?' देखिए, मेरी राय में तो कुछ भी नहीं जानने का यह दावा बिलकुल ठीक है और पीड़ित होने के तथ्य को अर्थहीन बनाने के लिए काफ़ी अनुकूल है। क्यों? क्योंकि यह स्थिति की नैतिक ग़लतफ़हमी से निकलता है। इसी ग़लतफ़हमी की अब हम चर्चा करेंगे और ऐसा इसलिए नहीं करेंगे कि मैं इस बहस में आज की राजनीति को लाना चाहता हूँ, बल्कि इसलिए करेंगे क्योंकि मुझे लगता है कि 'हर दिन के जीवन की तत्व मीमांसा' को पूरा करना ज़रूरी है कि हम 'दिन-प्रतिदिन के जीवन में नैतिकता' जोड़कर, अब तक अपनी स्वयं की चिंता करते हैं।

हमने इसके पहले, ना जानने के 'कारण' के बारे में बात की थी और कहा था कि यह एक ग़लतफ़हमी है; लेकिन अगर हम इस ग़लतफ़हमी का कारण पूछते हैं तो हम पता कर सकते हैं कि यह 'ना जानना' वास्तव में 'ना जानने की इच्छा' है। इसके पीछे ज़िम्मेदारी से बच निकलने की इच्छा छिपी होती है। हालाँकि, औसत व्यक्ति आज वास्तव में ज़िम्मेदारी से भागने को प्रेरित होता है। सामूहिक अपराधबोध स्वीकार करने का डर उसे इस तरह से भागने को प्रेरित कर रहा होता है। उसे सभी मामलों में दोषी घोषित किया जाएगा। उन कामों में भी शामिल माना जाएगा जिनमें वह शामिल नहीं था, बल्कि जिनके बारे में वह 'कुछ जानता तक नहीं।' क्या सज्जन व्यक्ति को वास्तव में दूसरों के किए अपराधों के लिए जवाबदेह ठहराया जाना चाहिए, भले ही अपराधी उसी राष्ट्र के हों? क्या यह सज्जन व्यक्ति खुद किसी अपराध का शिकार या किसी आतंक का निशाना नहीं था, जो किसी शासक, या अपने ही लोगों के अग्रणी तबके द्वारा आतंक के ख़िलाफ खड़े होने में सक्षम हुए बिना किया गया था? क्या वह खुद इसके तहत पीड़ित नहीं हुआ? क्या सामूहिक अपराध बोध की स्थापना ठीक उसी विश्व-दृष्टि में एक पुनरावर्तन नहीं होगी जिसका हम मुक़ाबला करना चाहते हैं? यह वही विश्व-दृष्टि है जो किसी व्यक्ति को इसलिए दोषी घोषित करती है, क्योंकि वह व्यक्ति जिस समूह से है, उस समूह ने वास्तव में या कथित रूप से किसी तरह के अपराध को अंजाम दिया है। और यह दृष्टिकोण आज हमें आख़िरकार कितना

हास्यास्पद लगता है! किसी को उसकी राष्ट्रीयता, मूल भाषा या जन्म स्थान के कारण जवाबदेह बताना आज हमें उतना ही हास्यास्पद लगेगा जितना कि उन्हें अपने क़द के लिए ज़िम्मेदार बताना हास्यास्पद है। अगर 1.64 मीटर लंबाई वाला कोई अपराधी गिरफ़्तार किया जाता है तो क्या मुझे भी फाँसी पर केवल इसलिए लटका दिया जाना चाहिए क्योंकि मेरी लंबाई भी उतनी ही है?

हालाँकि यहाँ हमें एक महत्त्वपूर्ण अंतर करना होगा : हमें सामूहिक अपराध और सामूहिक दायित्व के बीच अंतर करना होगा। अगर मैं इसे एक प्रतीकात्मक उदाहरण के साथ समझाऊँ तो आप मेरी बात तुरंत समझ जाएँगे। अगर मुझे अचानक अपेंडिसाइटिस हो जाए, तो क्या यह मेरी ग़लती होगी? हरगिज़ नहीं; और फिर भी, अगर मुझे ऑपरेशन कराना है, तो? फिर भी मुझे ऑपरेशन के लिए उस डॉक्टर की फ़ीस देनी होगी जो मेरा ऑपरेशन करेगा। यानी डॉक्टर के बिल चुकाने के लिए मैं 'उत्तरदायी' हूँ। इस तरह से 'अपराध के बिना दायित्व' निश्चित रूप से मौजूद होता है। और अब ऐसी ही स्थिति उन लोगों के समूह के साथ है जो सामूहिक रूप से आतंक से मुक्त हुए थे। वे स्वयं को आज़ाद नहीं कर सके थे; अन्य सामूहिक, अन्य स्वतंत्रता-प्रेमी राष्ट्रों को उनकी आज़ादी के लिए क़दम उठाना पड़ा, लड़ाई में शामिल होना पड़ा और अपने सर्वश्रेष्ठ लोगों का, अपने युवाओं का बलिदान करना पड़ा और यह सब ऐसे राष्ट्र को उन नेताओं से आज़ाद कराने के लिए करना पड़ा जो अपने स्वयं के नेतृत्व के सामने शक्तिहीन था। इस शक्तिहीनता का अपराधबोध से कोई लेना-देना नहीं था। हालाँकि क्या इस आज़ादी के लिए किसी प्रकार का बलिदान करके क़ीमत चुकाना और संयुक्त रूप से उत्तरदायी महसूस करना अनुचित और अन्यायपूर्ण होगा, भले ही आप इसमें शामिल नहीं हों, और जानते हों कि आप दोषी नहीं हैं?

यदि आप इस मनोविज्ञान के अंतिम अध्याय को समझना चाहते हैं, तो आपको पिछले साल उस वसंत की शाम तक सूर्यास्त के समय मेरे साथ जाना होगा, जब मैं तुर्कहेम यातना शिविर की रिहाई के बाद, शिविर के पास जंगल में अकेला गया था। वहाँ शिविर में मर जाने वाले साथियों को हमारे कैंप कमांडर के बेहद ग़ैरकानूनी आदेश पर दफ़ना दिया जाता

था (यह कमांडर वही एसएस सेना का सदस्य था जिसका ज़िक्र मैंने पहले व्याख्यान में किया था कि वह शिविर के बंदियों के लिए दवाएँ अपनी जेब से धन ख़र्च करके मँगा दिया करता था)। दफ़नाने के दौरान, ऊपर से मिले आदेशों के विपरीत, वह व्यक्ति यह सुनिश्चित करना नहीं भूलता था कि सामूहिक क़ब्रों के पीछे खड़े युवा देवदार के पेड़ों की पतली शाखाओं से छाल के टुकड़े निकालने के बाद, मृतकों के नाम अमिट पेंसिल से अस्पष्ट रूप से कुरेदे जाएँ। अगर आप मेरे साथ रहे होते तो आपको मेरे साथ यह सुनिश्चित करने की शपथ लेनी होती कि हम बचे हुए लोगों का जीवन जारी रहना हम सब के अपराध बोध को ख़त्म कर देगा; जी हाँ, *हम सबका अपराधबोध!* ऐसा इसलिए क्योंकि हम बचे हुए लोग अच्छी तरह से जानते थे कि हम में से सर्वश्रेष्ठ बाहर नहीं आएगा, वह सर्वश्रेष्ठ ही था जो नहीं लौटा! ऐसे में हम अपने बचे रहने को ऐसी कृपा के अलावा और कुछ नहीं मानते थे जिसके हम क़ाबिल नहीं थे। बाद में इसे अर्जित करने के लिए, भूतलक्षी ढंग से अर्जित करने के लिए और इसे हासिल करने के आधे योग्य बनने के लिए, हम मानते थे कि हम अपने मृतक साथियों के ऋणी हैं। इस अपराधबोध से निपटने का एकमात्र तरीक़ा दूसरों के साथ-साथ अपनी आत्मचेतना को भी सँभालना और उसे सतर्क रखना ही लगता था।

सच तो यह है कि इस तरह के अनुभव के बाद रिहा हुए व्यक्ति के साथ क्या हुआ था! जब वह घर लौटा, तो अक्सर वह शपथ को भूल जाता था। हालाँकि, उसके जीवन में ऐसे क्षण आते हैं, और वे महत्त्वपूर्ण होते हैं – जिनमें वह वे वादे पूरा करता है जो उसने कभी ख़ुद से किए थे : रोटी के सबसे छोटे टुकड़े के लिए वह तरस नहीं रहा है, वह अब बिस्तर पर सो सकता है, उसे हाज़िरी के लिए खड़ा नहीं होना है या मौत के लगातार ख़तरे में नहीं रहना है। उसके लिए सब कुछ सापेक्ष हो जाता है और इसी तरह से हर दुर्भाग्य भी सापेक्ष हो जाता है। जैसा कि हमने कहा, वह जो सचमुच कुछ भी नहीं था, वह सचमुच फिर से पैदा हुआ महसूस करता है, लेकिन उस व्यक्ति के रूप में नहीं, बल्कि स्वयं के सार के रूप में पैदा हुआ महसूस करता है। पहले व्याख्यान में मैंने बताया कि कैसे बाहरी सब कुछ उस व्यक्ति के लिए 'पिघल गया' था। उसके अंदर

ज़्यादा महत्त्वाकांक्षा भी नहीं बची होगी। जो कुछ भी बचा रह सकता है वह अधिक से अधिक प्राप्त करने की उत्कंठा हो सकती है : केवल अपने सबसे आवश्यक रूप में - उत्कंठा का कोई उच्चतर रूप हो सकती है, *आत्म-साक्षात्कार* का आग्रह हो सकती है।

जैसा कि आप निःसंदेह महसूस कर रहे हैं कि इसके साथ ही हम इस विषय के अंत तक आ पहुँचे हैं और अपनी चर्चा को रोकते हैं। कोई बातचीत, कोई व्याख्यान हमें इससे ज़्यादा समझने में मदद नहीं कर सकता; हमारे पास करने को अब केवल एक चीज़ बची है : हमें काम करना है, अपनी दैनिक ज़िंदगी में काम करना है।

हम अभी दैनिक ज़िंदगी के बारे में बात कर ही रहे थे; जी हाँ, यहाँ तक कि 'दैनिक ज़िंदगी की तत्वमीमांसा' शब्दों का भी ज़िक्र हुआ था। मुझे आशा है कि अब आप इस अभिव्यक्ति को सही तरह से समझ गए होंगे : हर दिन को पारदर्शी बनाना पर्याप्त नहीं था; जो केवल स्पष्ट रूप से इतना धूसर, साधारण और तुच्छ है - कि हम इसे शाश्वत में देख सकते हैं; लेकिन अंतिम विश्लेषण में यह बताना ज़रूरी है कि शाश्वत फिर से अस्थायी को - हर दिन को संदर्भित करता है और परिमित तथा अपरिमित के बीच चल रहे टकराव की ओर इशारा करता है। इस समय हम जो भी सृजन करते हैं, अनुभव करते हैं, या तकलीफ़ झेलते हैं, वह समूचे शाश्वतत्व में करते हैं। जब तक हम किसी घटना की ज़िम्मेदारी लेते हैं, जब तक यह 'इतिहास' है, हमारी ज़िम्मेदारी है, तब तक यह इस तथ्य के बोझ से बहुत ज़्यादा दबी है कि जो कुछ हो चुका है, वह 'इस दुनिया से अलग' नहीं किया जा सकता है। हालाँकि, इसके साथ ही, हमारी ज़िम्मेदारी के लिए एक आग्रह भी किया जाता है; जो कुछ अभी तक नहीं हुआ है, उसे इस दुनिया *में* लाना है! और हममें से हरेक को अपने दैनिक कार्य के हिस्से के रूप में इसे करना होगा, हमारी दैनिक ज़िंदगियों के हिस्से के रूप में करना होगा। ऐसे में, दैनिक ज़िंदगी स्वयं वास्तविकता *बन जाती है,* और यह वास्तविकता कार्य करने की क्षमता बन जाती है। और इसलिए, 'दैनिक ज़िंदगी की तत्वमीमांसा' पहले तो दैनिक ज़िंदगी से बाहर निकलती है, लेकिन फिर - सचेतन रूप से और ज़िम्मेदारी से - दैनिक ज़िंदगी में वापस आ जाती है।

हमें जो आगे बढ़ाता है और रास्ते में मदद करता है, हमें जिसने राह दिखाई है और दिखा रहा है, वह ज़िम्मेदारी स्वीकार करने में आने वाला आनंद है। हालाँकि, औसत व्यक्ति ज़िम्मेदारी स्वीकार करने में किस हद तक ख़ुश होता है?

ज़िम्मेदारी ऐसी चीज़ है जिसकी ओर कोई व्यक्ति 'खिंच' जाता है और 'वापस आ जाता है।' भाषा में इस ज्ञान से इशारा मिलता है कि मनुष्यों में विरोधी ताक़तें होती हैं जो उन्हें ज़िम्मेदारी लेने से रोकती हैं। और वास्तव में, ज़िम्मेदारी के बारे में कुछ गहरा होता है : जितनी लंबी और जितनी गहराई से हम इसे देखते हैं, उतना ही हम इसके बारे में जागरूक होते हैं, जब तक कि अंत में हम एक तरह के चक्कर में नहीं पड़ जाते; यदि हम मानवीय ज़िम्मेदारी की प्रकृति की खोज करते हैं, तो हम पीछे हट जाते हैं : मनुष्य की ज़िम्मेदारी के बारे में कुछ भयानक होता है - और साथ ही कुछ शानदार होता है!

यह जानना बहुत ख़राब लगता है कि हर पल मेरे पास अगले पल की ज़िम्मेदारी है; कि हर निर्णय, छोटे से छोटे से लेकर बड़ा से बड़ा निर्णय 'समूचे शाश्वत्व के लिए' है; कि हर क्षण में मैं ऐसे क्षण की संभावना को, किसी ख़ास क्षण को मैं साकार कर सकता हूँ या इसे ज़ब्त कर सकता हूँ। हर एक क्षण में हज़ारों संभावनाएँ होती हैं; और मैं साकार करने के लिए उनमें से किसी एक को ही चुन सकता हूँ। हालाँकि, चुनने के दौरान मैंने बाक़ी सभी संभावनाओं की निंदा की है और उन्हें 'कभी नहीं होने' की सज़ा दे दी है, और यहाँ तक कि ये भी सदा के लिए है! हालाँकि, यह जानना बहुत अच्छा होता है कि भविष्य, मेरा अपना भविष्य और इसके साथ ही चीज़ों का, मेरे आसपास के लोगों का भविष्य, किसी न किसी तरह से; बहुत छोटी सीमा तक भी; हर क्षण में मेरे निर्णयों पर निर्भर करता है। उनके ज़रिए जो हर चीज़ मैं महसूस करता हूँ, या, 'दुनिया में लाता हूँ,' जैसा कि हमने कहा है, मैं उसको वास्तविकता में बचाता हूँ और इस तरह से उसे नश्वरता से सुरक्षा देता हूँ।

हालाँकि, औसतन लोग अपनी ज़िम्मेदारियाँ कंधों पर लेने के मामले में सुस्त होते हैं। और यहीं पर ज़िम्मेदारी की शिक्षा आरंभ होती है। निश्चित ही, बोझ भारी होता है, ज़िम्मेदारी को पहचानना ना केवल कठिन

होता है, बल्कि उसे पूरा करना भी कठिन होता है। इसके लिए हाँ कहिए, और ज़िंदगी को हाँ कहिए। हालाँकि, ऐसे लोग भी हुए जिन्होंने हर तरह की कठिनाइयों के बावजूद हाँ ही कहा है। और जब बुचेनवाल्ड यातना शिविर के क़ैदियों ने अपने गाने में गाया था, 'हम अब भी ज़िंदगी को हाँ कहना चाहते हैं,' तब उन्होंने केवल इसके बारे में गाया नहीं था, बल्कि इसे कई बार हासिल भी किया था; उन्होंने भी और अन्य शिविरों में हम में से कई लोगों ने यह कर दिखाया था। और उन्होंने इसे अकथनीय शर्तों, बाहरी तथा आंतरिक शर्तों को झेलते हुए हासिल किया था, जिनके बारे में हम आज काफ़ी कुछ बोल चुके हैं। तो, क्या हमें इसे आज हासिल करने के योग्य नहीं होना चाहिए, आख़िरकार, अब तो तुलनात्मक रूप से कम कठिन परिस्थितियाँ हैं? सब तरह की परिस्थतियों में ज़िंदगी को हाँ कहना ना केवल अर्थपूर्ण है, क्योंकि जीवन यही है; बल्कि सभी परिस्थितियों में यह संभव भी है।

और आख़िरकार, इन तीनों व्याख्यानों का समग्र उद्देश्य यही था : आपको दिखाना था कि लोग कठिनाइयों और मौत के बावजूद (पहला व्याख्यान), शारीरिक और मानसिक रोगों के बावजूद (दूसरा व्याख्यान), या यातना शिविर की नियति में (तीसरा व्याख्यान); हर हाल में ज़िंदगी को हाँ कहना चाहिए।

समापन टिप्पणी : फ्रेंज़ वेज़ली

विएना में 13 अप्रैल, 1945 को युद्ध समाप्त हुआ था। दो सप्ताह बाद, यातना शिविर के बंदी विक्टर फ़्रैंकल की रिहाई का दिन आया। हालाँकि विएना वापस वह अगस्त तक ही आ पाए थे, जहाँ सबसे भयानक ख़बर उनका इंतज़ार कर रही थी। उनकी निराशा और जीवन जीने की ताक़त के लिए संघर्ष उनके घर लौटने के बाद के आरंभिक हफ़्तों में रिश्तेदारों और दोस्तों को लिखे गए दुख भरे पत्रों में स्पष्ट देखने को मिलते हैं।[1]

फ़्रैंकल काम में डूब गए और बाद में शायद ही कभी इस वाक्यांश का इस्तेमाल अधिक उपयुक्त रहा होगा। उन्होंने विएना पॉलीक्लीनिक के न्यूरोलॉजिकल डिपार्टमेंट का प्रबंधन सँभाल लिया; कुछ ही महीनों में उन्होंने दो किताबें लिख डालीं; ओटाक्रिंग में वयस्क शिक्षा कॉलेज में, जिसके साथ वे 1930 के दशक से ही बहुत निकटता से जुड़े रहे, उन्होंने 1945 में शरद ऋतु में व्याख्यानों की एक श्रंखला आयोजित की जिसका शीर्षक था 'मानसिक रूप से रोगी व्यक्ति;' उन्होंने सामयिक राजनीतिक, समाज और संस्कृति के अनेक मुद्दों के बारे में अख़बारों में लेख लिखे और सार्वजनिक बहसों में हिस्सा लिया। अपने पत्रकारिता के उत्साह में वे ऐसे श्रोताओं से मिले जो युद्ध के कई सालों के बाद और नाज़ी शासन की मानसिक संकीर्णता के बाद बौद्धिक और सांस्कृतिक रूप से भूखे थे। इस प्रकार, भटकाव और मार्गदर्शन की कमी वाले समय में वे सार्वजनिक मंचों के साथ-साथ चिकित्सा और दार्शनिक हलकों में भी चर्चा में प्रतिभागी बन गए। उनके व्याख्यानों के विषय अपराधबोध और ज़िम्मेदारी थे – निश्चित

रूप से उस समय के हिसाब से ये बहुत अहम विषय थे! जीवन के डर, दिन-प्रतिदिन की नैतिकता और बार-बार, हाल के दिनों की अमानवीय विचारधाराओं के साथ टकराव के मुद्दे इन विषयों में शामिल थे। सबसे पहले और सबसे महत्त्वपूर्ण बात यह थी कि फ़्रैंकल हमेशा व्यक्तिगत रोगी और सामूहिक स्तर दोनों की मनोचिकित्सा से जुड़े रहे और वैसे तो हमेशा से ही इनके लिए चिंतित रहते ही थे। 1946 के समर सेमेस्टर के लिए ओटाक्रिंग में वयस्क शिक्षा कॉलेज की पाठ्यक्रम निर्देशिका में निम्नलिखित प्रविष्टि शामिल है :

> डॉ. विक्टर फ़्रैंकल : मनोचिकित्सक के दृष्टिकोण से देखे गए हमारे समय और दिन-प्रतिदिन की समस्याओं के मुद्दे। पाँच व्याख्यान (आत्महत्या - जबरन संहार - मानसिक रूप से बीमार व्यक्ति की दुनिया - यौन शिक्षा - यातना शिविर)। शनिवार शाम 5-6 बजे। 23 मार्च से आरंभ।

जिस दिन कोर्स आरंभ हुआ, उस दिन फ़्रैंकल ने 'विएना ऐंड साइकियाट्रिक केयर' के बारे में एक समाचार पत्र में लेख प्रकाशित किया। लेख के अंत में उन्होंने कहा :

> हालाँकि विएना में मनोचिकित्सा की भावना अब भी जीवित है, और सबकुछ के बावजूद, और उम्मीद है कि जितनी जल्दी हो सके, हम उम्मीद कर सकते हैं कि मनोचिकित्सा उपचार का जन्मस्थान विएना, इसके पुनर्जन्म का स्थान भी बनेगा। यह पुनर्जन्म ऐसी मनोचिकित्सा का होगा जो विशेष रूप से आंतरिक और बाहरी संकट के समय में समाज में अपनी भूमिका से परिचित है और ऐसी दुनिया के प्रति अपनी ज़िम्मेदारी से परिचित है जो आध्यात्मिक और भौतिक पुनर्निर्माण दोनों का इंतज़ार कर रही है।[2]

ओटाक्रिंग व्याख्यान माला के आधार पर फ़्रैंकल ने किताब लिखी *से यस टु लाइफ़ इन स्पाइट ऑफ़ एवरीथिंग। तीन व्याख्यान,*[3] जो यहाँ

प्रकाशित किए गए हैं। 'आत्महत्या' और 'जबरन संहार' के बारे में व्याख्यान 'जीवन के अर्थ और मूल्य के बारे में I + II' शीर्षक के तहत प्रकाशित किए गए हैं। और यातना शिविरों के बारे में अध्याय को अब 'निर्णायक प्रयोग' नाम दिया गया है। इन संक्षिप्त अध्याय शीर्षकों में हम उनके विचारों और लेखक के भाग्य के बारे में काफ़ी कुछ फिर से समझ सकते हैं। सबसे पहले, जीवन की बिना शर्त पुष्टि सामने आती है, जिसकी चर्चा खुद फ़्रैंकल ने उस समय के एक पत्र में की थी। सितंबर 1945 में उन्होंने अपने दोस्तों विल्हेम और स्टेफ़ा बोर्नर को लिखा था :

> मैं अकथनीय रूप से थका हुआ हूँ, अकथनीय रूप से उदास हूँ, अकथनीय रूप से अकेला हूँ... शिविर में तुम्हें सचमुच विश्वास हो गया था कि तुम ज़िंदगी के निम्नतम बिंदु तक पहुँच चुके हो; और तब, जब तुम वापस आए तो तुम्हें यह देखने पर मजबूर होना पड़ा कि चीज़ें बची नहीं थीं, वो हर चीज़ नष्ट हो चुकी थी जो तुमको बनाए रखती थी। उस समय जबकि तुम फिर से इंसान बन गए थे, तब तुम और भी अधिक अथाह तकलीफ़ में डूब सकते थे। हो सकता है कि थोड़ा रोने तथा भजनों के माध्यम से खोजने के अलावा और कुछ नहीं बचा हो। शायद तुम मुझ पर हँसोगे, शायद तुम मुझ पर नाराज़ होगे; लेकिन मैं कम से कम अपनी ही बात नहीं काटता; जब मैं उन बातों का अनुभव करता हूँ जिनका मैंने वर्णन किया है, तो मैं अपने जीवन के पुराने कथनों से कुछ भी वापस नहीं लेता। इसके विपरीत : यदि मेरे पास जीवन के प्रति यह ठोस और सकारात्मक दृष्टिकोण नहीं होता, तो इन सप्ताहों के दौरान, वास्तव में यातना शिविर में बिताए उन महीनों में मेरा क्या होता? लेकिन अब मैं चीज़ों को दूसरे आयाम से देखता हूँ। धीरे-धीरे मुझे अहसास हुआ कि जीवन इतना असीम अर्थपूर्ण है कि दुख में भी और असफलता में भी एक अर्थ होता है।[4]

जीवन के प्रति इस गहरे सम्मान में अन्य लोगों के जीवन भी शामिल थे। 1928 के आरंभ में, जबकि फ़्रैंकल एक मेडिकल छात्र ही थे, तब उन्होंने बड़ी व्यक्तिगत प्रतिबद्धता के साथ युवा परामर्श केंद्र स्थापित किए थे, जिनका सबसे प्रमुख कार्य युवा लोगों को आत्महत्या करने से रोकना था। वर्ष में उस समय विशेष रूप से आत्महत्याएँ होती थीं, जब स्कूल या कॉलेज की रिपोर्ट्स जारी की जाती थीं। वास्तव में उनके द्वारा शुरू किए गए 'रिपोर्ट एक्शन' आंदोलन के माध्यम से, 1931 की गर्मियों के मौसम में एक भी छात्र ने आत्महत्या नहीं की थी। और उस समय भी वे आत्महत्या के प्रति सावधानियों के संबंध में जीवन के अर्थ की भूमिका स्पष्ट रूप से समझा रहे थे :

> भले ही आत्महत्या के आध्यात्मिक कारण इतने अलग-अलग हों, लेकिन उनकी मानसिक पृष्ठभूमि जीवन के अर्थ में विश्वास की कमी ही होती है। आत्महत्या करने वाले व्यक्ति में ना केवल जीने की हिम्मत की कमी होती है, बल्कि उसकी ज़िंदगी के सामने विनम्रता का भी अभाव होता है। जब एक नई नैतिकता हमारी नई निष्पक्षता का स्थान ले लेती है, जब हर इंसानी ज़िंदगी के मूल्य को एक बार फिर अद्वितीय और अतुलनीय के रूप में पहचाना जाता है, तभी मानव जाति के पास आध्यात्मिक संकटों पर नियंत्रण करने के लिए आवश्यक मानसिक पकड़ होगी।[5]

तो बार-बार जीवन के अर्थ में यह विश्वास होता है - यहाँ तक कि उस तकलीफ़ के सामने भी यह विश्वास होता है, जो वास्तव में मानव जीवन में निहित है। तकलीफ़ का अर्थ पहले से ही 1938 के प्रकाशन में निर्धारित किया जा चुका था जिसमें उन्होंने पहली बार मूल्य की तीन श्रेणियों के बारे में बात की थीं, जो कि थीं - रचनात्मक, अनुभवात्मक और अभिवृत्तिक मूल्य।[6] हालाँकि यह एकदम बाद वाला है - अपरिवर्तनीय तकलीफ़ से निपटने का साहसी और अनुकरणीय तरीक़ा है- जिसके लिए वह सर्वाधिक ज़िम्मेदार है। और इसलिए वे पहले व्याख्यान में कहते हैं :

'या तो हम अपने भाग्य को बदल दें, यदि संभव हो तो, या यदि आवश्यक हो तो हम इसे इच्छापूर्वक स्वीकार करते हैं।'

इस तरह के विचार निश्चित रूप से उन दिनों केवल अकादमिक खेल नहीं थे, बल्कि जीने और जीवित रहने के लिए एक विशिष्ट सहायता थे। वास्तव में, उस भयंकर दुर्गति से किसे शारीरिक या आध्यात्मिक क्षति नहीं हुई थी? और खुद फ़्रैंकल - क्या उन्होंने वह सब कुछ नहीं खो दिया था जो उन्हें प्रिय था?

हालाँकि उन्हें जीवन में वापस आने का रास्ता मिल गया था, एक ऐसे जीवन में वापस आने का रास्ता मिल गया था, जो सब कुछ के बावजूद, अर्थ के लिए संभावनाओं से भरा था जिसे महसूस करने की आवश्यकता थी। और अपने प्रकाशनों तथा व्याख्यानों के ज़रिए वे दूसरों को इस रास्ते पर ले जाना चाहते थे, उन्हें प्रोत्साहित करना चाहते थे कि अब भी काफ़ी अनिश्चित वर्तमान की स्थिति में भी वे पिछले वर्षों में झेले दुखों से बाहर निकलने के लिए अपना रास्ता ढूँढ़ें।

तीसरे व्याख्यान का शीर्षक, 'निर्णायक प्रयोग,' इस तथ्य की ओर इशारा करता है कि फ़्रैंकल ने यातना शिविर में जीवन के अर्थ के बारे में अपने विचारों को किसी संसाधन के रूप में पहले विकसित नहीं किया था - जैसा कि कभी-कभी कहा जाता है। उनकी पुस्तक *द डॉक्टर ऐंड द सोल* वास्तव में 1941 से ही पांडुलिपि के रूप में मौजूद थी। इसमें उन्होंने निश्चित रूप से अर्थ के प्रति मानव अनुकूलन के बारे में अपना सिद्धांत तैयार किया था। वास्तव में वे अपने निर्वासन के दौरान इस पांडुलिपि को अपने साथ ले गए थे, क्योंकि उन्हें उम्मीद थी कि वे एक दिन इसे प्रकाशित कराने में सक्षम हो सकेंगे। जैसा कि वे अपने संस्मरणों में लिखते हैं, अंततः उन्हें अपना वह कोट त्यागना पड़ा जिसके अस्तर में यह पांडुलिपि सिली हुई थी।[7] हालाँकि शिविरों में वे यह देखने में सक्षम थे कि सबसे दुखद अभाव और गहन गिरावट की उन चरम स्थितियों में भी, वे सभी विचार वैध थे जिन्हें उन्होंने पहले से ही अपने काम के दौरान युवा परामर्शदाता और मनोचिकित्सक के रूप में माना था और व्यवस्थित रूप से वर्णित किया था। वास्तव में, यह बात सामने

आई थी कि शिविर में रहने वाले वे क़ैदी जो तब भी जीवन में अर्थ को पहचानते थे या कम से कम आशा करते थे, उनके जीवित रहने, या अंत में जीवित बचे रह जाने की ताक़त मिलने की सबसे अधिक संभावना थी। और अंतिम बात जो किसी भी तरह से कम महत्त्वपूर्ण नहीं है, और यह उनके बारे में भी सच थी : जिस बात ने उन्हें जीवित रखा, वह केवल अपने कुछ प्रियजनों को फिर से देखने और अपनी पुस्तक के पूर्ण मसौदे को प्रकाशित कराने की आशा थी।

1946 में गर्मियों के मौसम में फ़्रैंकल ने अपने व्याख्यानों में अपने श्रोताओं के सामने इन अंतर्दृष्टियों, विश्लेषणों और प्रोत्साहनों को आलंकारिक भाषा, वैज्ञानिक तीक्ष्णता और किसी ऐसे व्यक्ति की वैधता के साथ प्रस्तुत किया जिसने अपने स्वयं के शरीर में, अपनी आत्मा में उनकी परिकल्पना के स्थायी मूल्य का अनुभव किया था। उन्होंने उसी वर्ष व्याख्यान चक्र के सबसे महत्त्वपूर्ण और आमतौर पर मान्य भागों को पुस्तक रूप में प्रकाशित कराया। अख़बारों, सांस्कृतिक और प्रोफ़ेशनल पत्रिकाओं और रेडियो[8] पर इस छोटी-सी किताब पर कई विस्तृत चर्चाएँ और समीक्षाएँ प्रकाशित और प्रसारित हुईं जो इस बात का प्रमाण हैं कि उन्होंने उस समय की नब्ज़ को कितनी सही तरह से पकड़ा था।

—डॉ. फ़्रैंज़ वेज़ली

विएना, ग्रीष्म ऋतु 2019

डॉ. फ़्रैंज़ वेज़ली एक विश्वविद्यालय में भौतिक शास्त्र के प्रोफ़ेसर हैं। अपने ससुर विक्टर फ़्रैंकल के निधन के बाद उनके लेखकीय अधिकार इनके ही पास हैं। विक्टर फ़्रैंकल आर्काइव के डायरेक्टर के रूप में वे फ़्रैंकल की गहन विरासत का प्रतिनिधित्व सँभालते हैं। वे वैज्ञानिक समिति विक्टर फ़्रैंकल इंस्टीट्यूट के सह-संस्थापक और बोर्ड के सदस्य हैं।

नोट्स

1 Viktor Frankl, *Gesammelte Werke, Band 1: . . . trotzdem Jazum Leben sagen und ausgewählte Briefe (1945–1949)*(Collected Works, Vol. 1: ... Say Yes to Life in Spite of Everything and Selected Letters (1945–1949)), ed. A. Batthyany, K.H. Biller, E. Fizzotti (Böhlau, 2005).

2 *Wiener Kurier,* 23 March 1946.

3 Published by Franz Deuticke, Vienna, 1946.

4 Ibid., p. 184.

5 'Workers' Day, 14 April 1934', in Gabriele Vesely-Frankl (ed.), *Viktor E. Frankl – Frühe Schriften* (Viktor E. Frankl– Early Writings) Maudrich, 2005.

6 V.E. Frankl, 'Zur geistigen Problematik der Psychotherapie' (On the Spiritual Problem of Psychotherapy). *Zentralblatt für Psychotherapie und ihre Grenzgebiete,* 10 (1938), pp. 33–45.

7 Viktor Frankl, *Dem Leben Antwort geben. Autobiografie* (Viktor Frankl – Recollections. An Autobiography) (Beltz, 2017).

8 More than 30 reviews were published in the 10 years after its original publication in a variety of magazines and newspapers in Austria, including the *Wiener Zeitung, Die Österreicherin and Österreichische Ärztezeitung.*

विक्टर ई. फ़्रैंकल के बारे में

विक्टर ई. फ़्रैंकल यूनिवर्सिटी ऑफ़ विएना में न्यूरोलॉजी और साइकाट्री के प्रोफ़ेसर थे। वो 25 सालों तक विएना न्यूरोलॉजिकल पॉलीक्लीनिक के अध्यक्ष रहे। उनके द्वारा स्थापित लोगोथरेपी/एक्जिस्टेंशियल एनालिसिस को तृतीय विएनाई साइकोथेरेपी निर्देश के रूप में भी जाना जाता है। वे हार्वर्ड यूनिवर्सिटी, स्टेनफ़ोर्ड, डलास, और पिट्सबर्ग विश्वविद्यालयों में विज़िटिंग प्रोफ़ेसर भी रहे। वे सेन डिएगो, कैलिफ़ोर्निया में यूएस इंटरनेशनल यूनिवर्सिटी में लोगोथेरेपी के डिस्टिंग्विस्ड प्रोफ़ेसर भी रहे।

फ़्रैंकल का जन्म 1905 में विएना में हुआ था। विएना यूनिवर्सिटी से मेडिसिन में डॉक्टोरल डिग्री लेने के बाद उन्होंने फ़िलॉसॉफ़ी में भी डॉक्टरेट की उपाधि हासिल की। द्वितीय विश्वयुद्ध के दौरान उन्होंने तीन साल ऑशवित्ज़, डचाऊ और अन्य यातना शिविरों में बिताए। चार दशकों तक उन्होंने दुनिया भर में अनगिनत व्याख्यान दिए। उन्हें यूरोप, उत्तरी और दक्षिणी अमेरिका, एशिया और अफ़्रीका के विश्वविद्यालयों से कुल 29 मानद डॉक्टरेट उपाधियाँ प्रदान की गईं। अमेरिकन साइकियाट्रिक असोसिएशन के ऑस्कर फ़िस्टर अवॉर्ड और ऑस्ट्रियन एकेडमी ऑफ़ साइंसेज़ की मानद सदस्यता समेत उन्हें अनेक पुरस्कारों से सम्मानित किया गया। अब तक उनकी 39 किताबें 50 भाषाओं में प्रकाशित हो चुकी हैं। *ट्रॉट्ज़डेम जा जुम लेबेन सागेन* के अंग्रेज़ी संस्करण *मेन्स सर्च फ़ॉर मीनिंग* की लाखों प्रतियाँ बिकी थीं और इसे 'अमेरिका की दस सर्वाधिक प्रभावशाली पुस्तकों' में शामिल किया गया था। विक्टर फ़्रैंकल की मृत्यु विएना में 1997 में हुई थी।

विक्टर फ़्रैंकल इंस्टीट्यूट (वीएफ़आई)

डायरेक्टर : डॉ. अलेक्ज़ेंडर बथ्यान्यू

विक्टर फ़्रैंकल इंस्टीट्यूट (वीएफ़आई) की स्थापना विएना में 1992 में विक्टर फ़्रैंकल के संरक्षण में सहकर्मियों और मित्रों के अंतरराष्ट्रीय सर्किल ने की थी। यह एक वैज्ञानिक समिति है जिसका लक्ष्य विक्टर फ़्रैंकल की कृतियों को संरक्षित करना और अनुसंधान के मनोविकृति संबंधी, मनोचिकित्सकीय और दार्शनिक क्षेत्र के रूप में और अनुप्रयुक्त साइकोथेरेपी के रूप में लोगोथेरेपी और अस्तित्व संबंधी विश्लेषण को प्रोत्साहित करना है। यह साइकोथेरेपी तथा लोगोथेरेपी और अस्तित्व संबंधी विश्लेषण में काउंसिलिंग ट्रेनिंग में गुणवत्ता संबंधी आश्वासन के लिए भी ज़िम्मेदार है। विएना का विक्टर फ़्रैंकल इंस्टीट्यूट क्लासिकल लोगोथेरेपी और अस्तित्व संबंधी विश्लेषण (फ़्रैंकल की तर्ज पर) में प्रशिक्षण के लिए प्रमाणन संस्थान भी है।

वीएफ़आई की वेबसाइट पर 150 से ज़्यादा मान्यता प्राप्त अंतरराष्ट्रीय संस्थानों और राष्ट्रीय संघों की सूची देखी जा सकती है जो लोगोथेरेपी और अस्तित्व संबंधी विश्लेषण की ट्रेनिंग देते हैं।

विक्टर फ़्रैंकल निजी संग्रहालय तक इस संस्थान की विशिष्ट पहुँच है, और इस के पास लोगोथेरेपी तथा अस्तित्व संबंधी विश्लेषण के बारे में सामग्री और शोध का विश्व का सबसे बड़ा संग्रह है।

1999 में विएना शहर के सहयोग से विक्टर फ़्रैंकल विएना शहर कोष की स्थापना की गई थी। इसके उद्देश्यों के अनुरूप हर साल इस कोष से अर्थोन्मुखी मानवीय साइकोथेरेपी के क्षेत्र में उत्कृष्टता तथा शोध को प्रोत्साहित करने के लिए पुरस्कार और छात्रवृत्ति प्रदान किए जाते हैं। इसके अलावा, विशिष्ट लोगों के जीवनपर्यंत काम की मान्यता और सम्मान के लिए वार्षिक मानद पुरस्कार भी देता है। हेंज़ वॉन फ़ीरेस्टर, पॉल वात्ज़लाविक, कार्डिनल फ़्रेंज कोनिंग, डेम सिसली, बिशप इरविन क्रॉटलर, कार्डिनल ऑस्कर आंद्रेस रोड्रिग्वेज़ माराडिगा और एरिक रिचर्ड कांडेल के नाम इस पुरस्कार को पाने वालों में शामिल हैं।

यह संस्थान यूनिवर्सिटी ऑफ़ प्रिंसिपलटी ऑफ़ लीच्टेनस्टीन की इंटरनेशनल एकेडमी ऑफ़ फ़िलॉसॉफी में विक्टर फ़्रैंकल दर्शन और मनोविज्ञान पीठ के तहत, लोगोथेरेपी में विश्व की पहली सरकारी मान्यता प्राप्त डॉक्टोरल डिग्री भी देती है। 2012 में लोगोथेरेपी एवं अस्तित्व संबंधी विश्लेषण के सहयोग से मॉस्को में मनोविश्लेषण स्नातक संस्थान में स्थापना के बाद यह संस्था लोगोथेरेपी में परास्नातक कार्यक्रम और साइकोथेरेपी ट्रेनिंग भी देती है।

दुनिया भर के लोगोथेरेपी संस्थानों की गतिविधियों के बारे में जानकारी विक्टर फ़्रैंकल इंस्टीट्यूट, विएना के होमपेज पर उपलब्ध है। लोगोथेरेपी संबंधी शोध और अभ्यास के अलावा, इसमें लोगोथेरेपी के बारे में प्राथमिक और द्वितीयक साहित्य की व्यापक संदर्भ सूची भी शामिल है।

अधिक जानकारी www.viktorfrankl.org पर उपलब्ध है।

आभार

इस संस्करण के लिए ज़िम्मेदार डॉ. फ़्रैंज़ वेज़ली, डायरेक्टर, विक्टर फ़्रैंकल आर्काइव का धन्यवाद, जिन्होंने विक्टर फ़्रैंकल के पाठ के संपादन में मित्रतापूर्ण सहयोग किया और समापन टिप्पणी लिखी।

अनुवादक के बारे में

महेन्द्र नारायण सिंह यादव ने महाराजा कॉलेज, छतरपुर (म.प्र.) से स्नातक और भारतीय जन संचार संस्थान (नई दिल्ली) से पत्रकारिता में स्नातकोत्तर डिप्लोमा, तथा गुरु जंभेश्वर विश्वविद्यालय से पत्रकारिता एवं जनसंचार में स्नातकोत्तर की उपाधि प्राप्त की है। वे विगत 20 वर्षों से रेडियो, टेलीविज़न पत्रकारिता तथा अनुवाद और संपादन-कार्य से जुड़े हैं। उन्होंने चिल्ड्रंस बुक ट्रस्ट के हिंदी संपादक के रूप में भी कार्य किया है। वर्तमान में वे दिल्ली में समाचार चैनल 'समय मध्यप्रदेश छत्तीसगढ़' में पत्रकारिता कर रहे हैं।

उन्होंने अब तक कई पुस्तकों का अंग्रेज़ी से हिंदी अनुवाद किया है, जिनमें एस. विजय कुमार की *मूर्ति चोर*, हिन्दोल सेनगुप्ता की *नये युग का संन्यासी*, आदित्य सिन्हा की *रॉ, आईएसआई और शांति का भ्रम*, उल्लेख एन.पी. की *वाजपेयी : एक राजनेता के अज्ञात पहलू* और सद्‌गुरू की *सुखी जीवन के तीन सत्य* शामिल हैं।